CADAVRES ÉCRITS

Édition : JDH Éditions

77600 Bussy-Saint-Georges. France
Imprimé par BoD – Books on Demand, Norderstedt, Allemagne

Illustration et conception couverture : © Yoann Laurent-Rouault pour Cat's Society
Réalisation graphique couverture : © Cynthia Skorupa

ISBN : 978-2-38127-159-0
Dépôt légal : mai 2021

Les collectifs JDH Éditions, au service de la collection Black-Files, présentent :

CADAVRES ÉCRITS

En dix nouvelles non censurées

Avec, par ordre d'apparition :

Maryssa Rachel
Yoann Laurent-Rouault
Carlo Sibille Lumia
Johann Beckers
Denis Morin
Alain Maufinet
Agnès Brown
Sylvie Bizien
Franck Antunes
Et
Jean-Hughes Chevy

Orchestration pour JDH Éditions :

Yoann Laurent-Rouault,
directeur de la présente collection

Avertissement

Ces nouvelles sont des œuvres de fiction, sans relation avec des faits réels, elles ne font en aucun cas l'apologie de quelque crime ou délit que ce soit.

Cette œuvre s'adresse à un public averti. Elle est fortement déconseillée aux moins de 16 ans, et les auteurs comme l'éditeur déclinent toute responsabilité quant au mauvais usage de cette œuvre par des tiers ne respectant pas l'avertissement ci-donné.

Réquisitoire

Les cadavres écrits n'ont rien d'exquis. Sordides, inattendues, perturbantes, surréalistes, les situations noires s'enchaînent en dix nouvelles remarquables d'intensité. Elles sont écrites par dix auteurs différents, trois femmes et sept hommes, qui ont accepté pour l'occasion de sortir de leurs zones de confort et d'aller puiser ceci dans la noirceur de leurs âmes torturées, en s'inspirant de légendes urbaines ou non. Les décors ne sont d'ailleurs pas seulement urbains, pour certains, ils sont ruraux ou sylvestres et ils changent d'éclairage comme les témoins changent de version quand ils sont à la barre au tribunal. Les personnages des *Cadavres écrits* sont plus étranges les uns que les autres et l'atmosphère du livre est particulièrement angoissante. Chères lectrices, chers lecteurs, il est utile de vous avertir que ces auteur(e)s sont des gens peu fréquentables. Car pour écrire des choses comme ça, il faut être un brin perturbé. Méchant, vicieux et colérique.

« Ira furor brevis est. »

La colère est une courte folie, disait Horace dans ses épîtres. Une folie qui peut mener au pire. Au meurtre, par exemple. Mais ici, il y a aussi préméditations. Pas seulement des coups de sang dus à une folie passagère. Non : il y a calculs !

Sang-froid.

Plaisir.

Machiavélisme.

Sadisme.

Il y a même un chat.

Ce qui est certain, c'est que même si la mort est donnée sans intention de la donner dans certains cas, rien n'atténuera pourtant les circonstances pour les protagonistes de ces lamentables faits-divers. Les psychiatres et les personnels des quartiers de haute sécurité ont de beaux jours devant eux. S'ils atteignent la retraite…

Et inscrivons aussi dans le procès-verbal, que pour certaines de ces histoires, elles ont très bien pu se passer près de chez vous.

Très près de chez vous.

Peut-être même chez vous ?

Peut-être connaissez-vous les assassins ?

Peut-être que vous connaissiez également les victimes ?

Peut-être y a-t-il des complices parmi vous ?

Peut-être êtes-vous ce que l'on appelle communément un faux témoin ?

Après tout, nous n'en savons rien.

Mais, en votre âme et conscience, et si ce n'est pas le cas, regardez donc par-dessus votre épaule avant de commencer la lecture de ce recueil. Et n'oubliez pas de fermer les portes à double tour et de vérifier les fenêtres avant de brancher l'alarme. La consigne pour manipuler ce livre est de mettre des gants, car son papier baigne dans le sang frais. Après lecture, détruisez-le.

Chez JDH Éditions, nous avons voulu ce recueil pour le lancement de notre nouvelle collection policière, « Black-Files », pour frapper fort et pour marquer les esprits, comme pour nous faire plaisir. Nous souhaitons sincèrement que vous éprouverez le même bonheur à lire ces nouvelles que les auteurs ont eu à les écrire. Cependant, si nous vous avons convaincus et que vous venez un jour à une dédicace, et que quelques-uns de ces odieux personnages y sont présents, soyez tout de même prudent.

On ne sait jamais…

Les écrivains qui se vengent des lecteurs, ça s'est déjà vu…

Yoann Laurent-Rouault, directeur littéraire

KRISPIES

Par Maryssa Rachel

« LÉA, LÉA, LÉA, LÉA, OUVRE, OUVRE LA PORTE… C'EST MÉMÉ ELLE A DIT FAUT QU'TU OUVRES. »

Il n'peut pas la boucler, ce sale gamin ? Toujours à geindre, à se plaindre, à pleurer, à faire chier. Je vais péter un câble, c'est certain. C'était pas prévu dans le « contrat » ça, c'était pas prévu que je doive supporter un mioche H24. Impossible d'avoir la paix dans cette baraque. Impossible d'avoir un peu de temps pour moi, on ne me laisse jamais tranquille. J'suis plus une gamine, j'suis une femme. Je suis une femme, puisque les hommes considèrent qu'on l'est à partir du premier jour de nos règles, lorsqu'on est en âge de procréer… Je suis une femme depuis que j'ai dix ans… P'tain, y a des gars tordus quand même…

Assise sur mon lit, je bédave, tout en faisant gaffe que la vieille n'se pointe pas. T'façon, elle peut à peine marcher.

Elle a plus de soixante-dix ans, Mémère, et son mari n'va pas tarder à crever. Je le sais, je vois bien qu'il dépérit à vue d'œil. Il ne fait rien de ses journées, à part regarder la télé. Il n'a plus de vie, il devient aigri… Petite retraite, pas de loisirs.

Ils flétrissent tous les deux… ça sent le sapin.

Les deux vieux font partie des âmes généreuses. Toute leur vie, ils se sont occupés des gosses à problèmes, à défaut d'en avoir eux-mêmes… « Famille d'accueil », payés pour garder les morveux de ceux qui n'ont pas la force, ni l'argent, et encore moins la capacité de les élever.

Les vieux sont payés pour nous donner à bouffer tous les jours et nous éduquer…

Ils continuent de se suicider à petit feu. Sont un peu cons, ils pensent qu'en étant gentils avec les gens, ça rachètera leurs conneries passées ; car ils ont dû en faire, des conneries, comme tout le monde.

Ils sont catholiques. Ils croient au paradis et à son lot de conneries.

Je n'ai pas de rêves, je n'ai pas d'ambition. Mon existence est un cauchemar, et ça, depuis que j'suis sortie de la chatte de ma génitrice.

J'suis ici depuis que je suis une enfant, depuis que j'ai huit ans.

Mémère gardait deux gamins, Marc et Gregory, qui avaient six ans de plus que moi à l'époque. Sont partis, tant mieux. Mémère disait que je faisais partie de la « famille ». C'est gentil ça, de m'accueillir les bras ouverts, mais je m'en fous, moi, de la « famille ». Ça n'veut rien dire « Famille » pour moi…

Marc et Grégory n'étaient pas mes frères, Mémère n'est pas ma mère, et le vieux, c'est pas mon père. J'ai pas de famille, moi.

I'm'ont fait la misère, les deux boloss. J'ai dû me les taper jusqu'à ce qu'ils aient dix-huit ans. I'z'ont jamais su, les vieux, que Marc et Grégory me faisaient subir leur mal-être. J'ai dû boire mon pipi, chier dans un bocal, bouffer des vers de terre, avaler de la terre, leur essuyer le cul plein de merde, ranger leur chambre… ils me cognaient avec le bottin – i'disaient que ça laissait pas d'trace, et ils avaient raison, ça laisse aucune trace, à part dans la tête… C'était pas ça le pire, je le sais, mais je préfère ne pas en parler… On va dire que j'ai oublié…

***

J'étais gamine quand les Krispies sont arrivés. Vraiment gamine, je devais avoir dans les quatre ans, un truc comme ça…

Avant que je sois placée, ma mère m'élevait seule, enfin, quand je dis m'élever, c'est un bien grand mot. Elle s'est fait engrosser par un mac, et le gars, bien évidemment, s'est cassé. Elle était amoureuse, ma mère, faut voir comme elle était amoureuse, mais mon géniteur, lui, il n'en avait rien à glander de son amour. Quand il l'a quittée, elle s'est tournée vers la religion, ronde comme un ballon. Tous les soirs, à genoux, elle demandait l'absolution. Foutaises, ça ne lui a rien apporté de croire en Dieu, à part des problèmes ; à part des coups dans le corps, des coups dans la matrice ; à part la pauvreté, la lâcheté, l'alcool et les antidépresseurs.

Ma première crise l'a fait flipper. Paraît que je gueulais et que je me tapais la tête contre les murs. J'm'en souviens plus.

Ma mère avait appelé monsieur le curé, et l'autre, il se prenait pour le père Karras. Il est arrivé avec tout son bordel ; croix, eau bénite et tout et tout. Mais ça n'a pas fonctionné… Les Krispies étaient toujours là… *Qu'est-ce qu'On a rigolé…*

Ma mère a dit que j'étais possédée, personne ne l'a crue… J'étais tellement « mignonne »…

Ce qui devait arriver arriva enfin. Assistante sociale, psychologue, contrôles de l'assistance publique. J'ai même eu un éduc spé. Faut voir comme je l'ai baladé… j'ai pleuré, j'ai joué la comédie et enfin… enfin…

J'suis arrivée à la DASS, sans repères, mais heureuse plus que jamais. Terminées les prières à notre père… terminées les interdictions, les privations, les punitions dans le placard à balais… Sans Dieu, qu'est-ce qu'on vit bien ! Dieu est mort depuis des milliers d'années, si y en avait un, y aurait pas de galères dans le monde. Et qu'on ne me dise pas que les galères viennent de l'humain et pas du Seigneur, j'y crois pas non plus.

J'étais pas une gosse difficile, c'est la vie qui m'a rendue dure comme la pierre. Je n'pense pas que l'humain soit méchant, c'est l'existence qui l'endurcit, *faut pas sortir de la cuisse de Jupiter* pour savoir ça. C'est Mémère qui dit ça, « Faut pas sortir de la cuisse de Jupiter »… J'sais même pas ce que ça veut dire… Mémère, elle dit aussi : « Léa, elle a un cœur, c'est de la pierre, mais un jour, son sang circulera de nouveau et elle sera sauvée. »

Mémère a bien essayé de me donner de l'amour, elle a bien essayé d'attirer mon attention, bien essayé de m'aider à apprendre mes leçons, mais rien… mon sang ne circule toujours pas.

Après un petit séjour en maison de repos pour les débiles mentaux, on m'a foutue dans une classe de réinsertion. La classe de réinsertion, c'est pourri. Je me suis retrouvée avec des illettrés, des étrangers qui n'pipaient pas un mot de français. Dans la classe de réinsertion, on nous apprenait à écrire correctement nos nom et prénom, puis on nous apprenait que 1 +1, c'est égal à deux… voilà…

Pour préciser, c'est pas que j'suis con, c'est juste que j'en ai rien à branler de l'école. Pour ce qu'on y apprend, de toute façon… que des conneries. On nous apprend des choses pour devenir les pantins de demain, de ceux qui boostent l'économie, de ceux qui s'usent la vie pour des patrons ingrats ; on nous apprend un métier qu'on devra faire toute notre existence. On nous apprend l'Histoire qui arrange, celle qui permet de légitimer leurs atrocités… j'suis pas conne, j'y vois clair dans leur jeu…

J'suis pas à plaindre, que je me dis. M'a jamais trop fait chier, la vieille, et le vieux est plutôt cool avec moi, enfin, en même temps, on se parle pas, on se parle plus… Il m'arrive encore de regarder *Koh-Lanta* ou un autre programme débilitant à la télé avec lui. Il s'endort vite, le vieux, alors il ronfle, alors j'entends plus la télé, alors je bronche, alors je vais me coucher…

Plus que trois ans à tirer et je me barre enfin d'ici. Si je parviens à rester en vie. J'sais pas trop où j'irai, tout ce que je sais, c'est que je serai libre. J'ai envie de partir sur les routes avec un baluchon. J'ai lu ça dans un bouquin, un gars qui partait sur la route, j'crois il s'appelait Kerouac, un truc dans le genre. Il m'a fait voyager, ce bouquin… Ouais, je lis… je l'ai dit qu'j'étais pas conne… j'suis allée en classe de réinsertion, MOI !

Yagoumi, mon rat, tourne et tourne dans sa cage. C'est le quatrième que je possède. Yagoumi, il est particulier. Je suis proche de lui plus que je le suis des êtres humains… Souvent, la nuit, je le prends avec moi pour dormir. Au petit matin, Yagoumi a sa toute mignonne petite tête posée contre mon cou. Je lui raconte tout à Yagoumi. Mais aujourd'hui, il doit rester enfermé, comme moi je suis enfermée…

J'écrase mon mégot dans le cendrier, j'aère ma chambre. J'entends Mémère faire la cuisine, j'entends la télé du vieux.

J'ai un ordi dernier cri, un portable, et même de l'argent de poche. Ils se saignent pour ma gueule, et moi, je leur crache dessus. Pfff, j'suis débile de culpabiliser, y a rien de gratuit dans ce bas monde. Ils ne font pas ça par amour, faut pas croire, ils font juste leur Bonne Action, c'est tout…

J'suis pas quelqu'un de bien… j'suis pas quelqu'un de bien.

« Léa, ouvre à Antoine. » Elle chuchote derrière la porte, Mémère. Elle a dû faire des études en psychomachin-chose, car j'lui cède toujours.

Je me lève, je passe devant mon miroir. Je jette un coup d'œil, je passe ma main dans mes cheveux… faut que je pense à refaire ma couleur, le bleu a viré – couleur à chier. J'essuie le rimel qui a coulé et mon rouge à lèvres qui a bavé.

J'ouvre la porte. « T'as encore fumé, toi ? », elle me dit en baissant les yeux.

« Mais non, Mémère, tu sens pas que c'est l'autre con de Dubois qui fait cramer ses merdes dans son champ ? », que je réponds.

« Ah… j'suis désolée. »

Elle a toujours fait semblant de me croire. Elle pense qu'avec la confiance, j'arrêterai mes conneries. Mais j'suis insensible, aucune empathie. J'suis jamais heureuse, jamais triste, j'ai que du « rien » dans ma tête et dans mon cœur… j'suis complètement vide.

Paraît que j'ai grandi trop vite, et quand *On* n'a pas d'enfance, *On* devient taré, car *On* ne s'est pas développé normalement… System Failure.

Doit se passer un truc dans le cerveau. Une petite tache noire dans la cervelle, une petite tache noire qui ne se voit pas, mais qu'on ressent au quotidien dans l'âme entière.

« T'sais bien, je fumerai jamais dans ma piaule, tu me l'interdis. Bon qu'est-ce qu'il veut, le petit ? » que je demande en regardant le gamin.

« Il veut être avec toi, tu sais, il t'aime beaucoup. »

Il m'aime beaucoup, m'aime beaucoup, pfff, n'importe quoi… Comme s'il était possible d'aimer « beaucoup ». Je fais semblant de sourire. Je secoue les cheveux blonds d'Antoine. « Maman elle a dit faut pas me décoiffer », il me sort, en me fixant droit dans les yeux. J'peux pas le voir, ce sale morveux. Fils à maman, fils à papa, fils à « famille ». Il a tout ce que je n'ai jamais eu. Il a le sourire, la joie de vivre qui me donne la gerbe, il a la jolie maison, les joujoux par millier, les câlins de maman, les mots tendres de papa, il a tout, le morveux, il a tout…

« Tu veux bien t'en occuper un peu, Léa ? Il faut que je prépare le dîner pour ce soir, sa mère ne va pas tarder à venir le chercher. » Rictus sur les lèvres, je laisse entrer Antoine dans ma chambre.

Non, je n'avais pas envie de m'en occuper, pas envie du tout. Mais quand j'ai vu le regard fatigué de Mémère, j'ai pas pu refuser. J'suis comme ça, moi. C'est pas de la gentillesse, faut pas croire, c'est juste que, comme ça, elle me foutra la paix, et le gamin arrêtera de brailler…

Le gosse qui a tout, il pleure tout le temps…

Le gosse qui a tout, il fait des caprices, il tape du pied, il met ses doigts dans le nez et tout et tout…

Le gosse qui n'a rien, il pleure plus, il a tellement ramassé. Ses larmes coulent, mais en dedans… Dehors, y a rien qui sort, même pas un reniflement, rien… Il n'pleure pas, le gosse qui n'a rien… Il reçoit les coups dans l'âme et sur le corps, il dit rien, il subit, il ne sourit même plus…

« Touche à rien », que je dis au gosse_qui_a_tout avant de fermer la porte.

Antoine, c'est la pole position des têtes de con. Le matin, sur les coups de sept heures trente, il arrive avec sa mère. Sa mère qui est INS-TI-TU-TICE, comme il dit. Sa mère « instituTICE » vit avec papa « PHAR-MA-CIEN ».

Faut toujours faire attention à Antoine, Antoine qui est petit, Antoine qui est fragile, Antoine qui m'emmerde. En ce moment, il est là, le cul posé sur ma couette, il bouge ses jambes, en haut, en bas… en bas, en haut. « C'est QuOUa ça, Léa ? », qu'il me demande en montrant j'sais pas quoi. « Rien », que je réponds avant de poursuivre : « Et ferme-la. »

Je m'assois face à mon bureau. Je me roule un autre bédot. Je prends mon crayon, ma feuille, et je caresse le papier… c'est ce que j'sais faire de mieux, dessiner… dessiner et me rouler des joints.

J'avais pas entendu le morveux descendre de mon pieu. « C'est quOUa ça, Léa ? », il me demande en montrant mon joint. « C'est rien, c'est pas pour les gamins », que je réponds.

« J'sais ce que c'est, c'est une cigarette, maman elle dit c'est moche de fumer. »

« Ferme-la que je te dis. »

« Mémé elle a dit faut pas fumer. »

« Mais ferme-la », que je répète en le poussant.

Et le v'là qu'il se met à chialer. Je l'ai poussé un peu fort, du coup, il s'est retrouvé le cul par terre. Il pleure, il pleure pour rien, il n'a même pas mal…

Moi, faut voir le nombre de fois où, à son âge, je me suis retrouvée le cul par terre, à subir les coups de la mère. Ah ! Non, je ne pleurais pas, j'avais déjà tellement pleuré que je me suis complètement vidée. C'est pour ça que je pleure plus… à part quand j'ai une petite poussière dans le cœur.

Pour éviter que les larmes de crocodile attirent Mémère, je m'approche d'Antoine, et avec toute ma bonne volonté et un petit sourire, je lui dis : « Arrête de pleurer, t'as pas mal, si tu veux, je te donne un bonbon. » Et le gosse arrête de chialer comme par magie.

Je lui donne un bonbon à la menthe forte, car je sais qu'il déteste ça, et que dans deux minutes, il va le recracher.

Pas loupé, deux secondes, montre en main, boum… Le voilà à gueuler en bavant « J'aime pas les bonbons forts » et il se refout à chialer.

Mémère rentre dans ma chambre, voit le gosse les yeux rouges, s'approche de lui : « Léa, qu'est-ce qu'il s'est passé ? », elle me demande, inquiète.

« Il voulait un bonbon, je lui ai donné un bonbon, j's-avais pas moi qu'il les aimait pas. »

« Allons, allons, mon tout petit… donne-moi ça », elle dit Mémère avec sa voix toute douce, toute douce.

Antoine crache le bonbon transparent dans la main de Mémère qui le met directement dans sa bouche. Je n'ai jamais compris comment elle pouvait faire ça, la vieille, prendre de la bouche d'un gosse un truc et le bouffer. Je hoquette en disant : « C'est dégueu. »

Puis elle prend Antoine dans ses bras, et le gosse dit : « Veux rester avec Léa. » Merde, le boulet s'accroche à moi comme une merde sous mes tennis. Les morveux sont pires que les chats, doivent sentir quand on ne les aime pas, c'est pour ça qu'ils *nous* collent, juste pour faire chier.

J'aime pas les chiens, j'aime pas les chats… j'aime que les rats…

Faut voir le nombre de chatons qu'« Elle » a torturé quand j'étais petite. « Elle » les enfermait vivants dans des sacs et les laissait crever, étouffer. Parfois, « Elle » posait sa semelle sur leur gueule jusqu'à ce que leur crâne cède sous la chaussure. Blotch ! que ça faisait... Ça me faisait mal dedans, mais ça lui faisait du bien à elle.

« D'accord, reste avec Léa », elle dit, Mémère.

Et quand est-ce qu'on me demande mon avis, à moi ? Jamais... tout le monde s'en fout...

« J'allais sortir, Mémère, prends-le avec toi », je dis...

« Sa mère arrive dans une heure, il est sage comme enfant, rends-moi service, s'il te plaît. »

La télé résonne, le vieux crache une glaire... c'est dég' de vieillir. Moi, je vais pas vieillir, je le sais, moi je vais mourir jeune, à 27 ans, comme ça, peut-être que je rentrerai dans le club, va savoir...

Mémère ferme la porte et me voilà de nouveau seule avec le mioche. Il a de la morve sous le nez, et malgré le fait que sa môman soit INSTITU_TICE et son papa PHARMACIEN, il passe sa langue sur la glaire translucide et gobe la matière... tu parles d'une éducation. Moi, j'avais pas intérêt à faire ça quand j'avais son âge, ma mère m'en aurait tiré une, puis elle m'aurait enfermée dans le placard à balais, celui avec le vide-ordures qui pue.

Je mets en route ma chaîne, et le gosse se met à danser sur la musique de Skunk Anansie, *You're too expensive for me*.

Je prends mon crayon et je me mets à dessiner.

Perdue dans mes pensées, je l'ai pas vu arriver, le morveux, comme la première fois, il avance en douce, en traître. J'ai juste vu sa petite main caresser mon dessin... vite, trop vite, je n'ai pas eu le temps de réagir lorsqu'il a fait baver le crayon… *faut qu'il crève*… j'ai failli lui exploser la gueule, et au lieu de lui en tirer une, je gueule : « MÉMÈRE ! PUTAIN ! VIENS RÉCUPÉRER ANTOINE ! »

Les tatanes de Mémère traînent sur le carrelage. Elle ouvre la porte, « viens, Antoine, maman va arriver », elle dit en lui tendant la main. Je me lève, je m'approche d'elle, je lui fous mon dessin abîmé sous le nez en gueulant : « Regarde ce qu'il a fait ! Je vais le tuer, ce sale gosse ! Je vais le tuer ! »

« Allons, Léa, tu es douée, tu en feras un mieux la prochaine fois, t'as pris tes cachets ? »

« Faites chier avec vos pilules, ça m'endort, non j'ai pas pris mes cachetons. »

« Faut que tu les prennes, c'est le médecin qui l'a dit. »

« J'en veux plus. »

« Léa, tu n'as pas le choix, sinon ils vont te remettre à l'hôpital, c'est ça que tu veux ? »

« Non, je veux pas y retourner… »

Dix minutes plus tard, Mémère revient avec un verre. Il paraît que j'suis toquée, alors faut bien me calmer.

Je gobe le tout… j'attends qu'elle retourne dans son lieu de vie et je crache le liquide amer par la fenêtre. Je les prends plus depuis trois jours. Mémère, elle ne vérifie plus depuis un an. Elle m'a fait signer un contrat de confiance, comme chez Darty. Sont cons les vieux et leur confiance de mes deux.

Derrière la porte, j'entends la mère « instituTICE » demander à son gosse tant aimé : « Ah ! mon petit Antoinoux, t'as passé une bonne journée ? » et j'entends *Antoinoux* raconter sa journée.

Ces petits surnoms qu'on se donne pour exprimer son affection, ça me donne de l'urticaire…

Les murs de la baraque sont fins comme du papier cigarette. J'entends tout. J'entends le vieux tous les matins faire son caca-prout dans les WC ; j'entends souvent Mémère soupirer, trop souvent. Elle est passée à côté de sa vie, Mémère.

Mémère dit qu'Antoine a été sage, mais elle ne raconte pas qu'il a pourri mon dessin. Je voudrais qu'ils crèvent, tous.

***

« Elle » s'approche… « Elle » ouvre la cage. « Elle » prend Yagoumi. « Elle » dit qu'il est dangereux, qu'il est contaminé, qu'il faut l'exterminer.

***

Je m'endors.

Lorsque je me réveille, il fait nuit dehors. J'ai la tête dans le cul, je titube. J'ai la dalle, c'est à cause des joints, ça m'ouvre l'appétit, truc de dingue.

J'ai fait un sale cauchemar, un truc qui me laisse un goût amer dans l'âme.

« Elle » était revenue. « Elle » avait ouvert la cage de Yagoumi. « Elle » avait brûlé les poils de Yagoumi. « Elle » avait percé les deux petits yeux rouges avec la pointe de mon compas. « Elle » avait arraché les quatre petites pattes lentement, tout lentement. Yagoumi hurlait, hurlait. « Elle » me disait qu'il fallait le tuer, car c'était le démon.

Yagoumi est mort, il est mort en couinant fort, très fort…

Je sors de la chambre. J'ai la nausée. C'est à cause du cauchemar, à cause des Krispies…

« Léa, on mange dans vingt minutes », elle gueule Mémère. Le vieux est assis sur son fauteuil, la télécommande dans une main. Il regarde les actualités ; moi, les actualités, ça me donne encore plus envie de me suicider.

« Je vais faire un tour, je reviens pour bouffer », que je lance à Mémère.

Il y a un grand jardin, et au fond du jardin, il y a un petit cabanon, et juste à côté, il y a la petite rivière. J'aime bien le cabanon, souvent j'y rejoins mes potos. Mais personne le sait, c'est notre secret. Le cabanon est en bois, tout abîmé, comme moi… Dedans, j'ai mis plein de trucs, des trucs inutiles, comme moi… J'ai mis un matelas troué comme ma tête, sur les murs, j'ai accroché mes dessins les plus laids, comme ma gueule… non, je rigole, j'suis plutôt « mignonne »… C'est mon lieu à moi, rien qu'à moi… *rien qu'à Nous…*

Je traîne des panards, comme je me traîne dans la vie.

Les petits cailloux crissent sous ma semelle usée. Faudra que je demande à Mémère une autre paire de pompes, celles-ci commencent à être pourries.

Entre chien et loup, la lumière que je préfère, car tout est bleu gris, bleu gris comme ma vie.

Je m'assois au bord de la rivière. Je pose la petite boîte en carton à côté de moi… je pense à Yagoumi… je jette quelques cailloux dans l'eau.

Depuis qu'il a plu comme vache qui pisse, le ruisseau est sorti de son lit. L'été, y a qu'un filet d'eau qui court, même pas je peux y tremper mon cul. Aujourd'hui, je pense que je pourrais m'y noyer.

Je tire une dernière bouffée sur mon joint, faut que je pense à refaire mon stock, j'attendrai d'avoir mon argent de poche pour aller voir JP.

JP, c'est mon fournisseur officiel, je l'ai rencontré l'an dernier. Il était assis sur sa brèle, devant la boulangerie. Mémère m'avait envoyée chercher du pain et des viennoiseries… Je savais que JP vendait des barrettes de shit à des jeunes. Les gosses à problèmes, on sait tout… J'suis sauvage seulement quand ça m'arrange. Je fais plus que mon âge, donc je n'ai aucun mal à embringuer des mecs plus âgés. JP a bientôt dix-huit ans, j'sais qu'il en pince pour moi, alors parfois, on joue à cricon-criquette. L'avantage, quand je lui suce le poireau ou que je le laisse me sauter, c'est que j'ai mon tamien pour presque rien.

Il se met à pleuvoir.

Je vais dans mon cabanon, je prends la pelle que j'ai piquée dans le jardin du voisin Tartarpion. Je creuse un petit trou, petit trou assez profond…

Yagoumi… Yagoumi…

Dans ma tête, les Krispies crépitent, crépitent.

***

Mémère est contente de me voir passer le pas de la porte. Elle a eu peur que je ne rentre pas. Ça m'arrive souvent de me casser sans rien dire à personne. Je sais bien qu'elle s'inquiète, Mémère, quand je pars comme ça, mais elle ne dit rien, elle me laisse vivre. Mémère ne dit rien à la DDASS non plus, et elle n'appelle pas les keufs lorsque je fugue, car elle sait bien que je finis toujours par revenir.

Elle m'accueille avec un grand sourire, en me disant que ce soir, on mange de la quiche. Elle sait, Mémère, que j'adore sa quiche. Elle est super douée en cuisine, Mémère. Moi, je ne l'aide jamais, c'est pas que je veuille pas, c'est que la cuisine, ça me fait chier. J'ai essayé une fois de mettre la main à la « pâte », fallait voir le gâchis, on a tout jeté. Mais Mémère, au lieu de m'engueuler, elle s'est marrée.

Après le souper, j'aide Mémère à débarrasser.

Je les aime bien, ces deux-là, même si je sais que bientôt, ils vont mourir, qu'ils vont devoir m'abandonner, c'est la vie.

« Le directeur de l'école m'a appelée », elle dit, Mémère, en faisant mousser son éponge sur la seconde assiette. « Ah ! » que je réponds. « Paraît que t'es pas allée en cours depuis trois jours », elle me dit sans me regarder. « J'avais pas envie, je me sentais pas bien » que je lui mens. C'est juste que l'école, ça me barbe, et que j'en ai marre de voir toutes ces têtes de cons. Sont débiles, les jeunes de mon bahut. « J'ai fait croire que j'étais malade, tu voudras bien me faire un mot, s'il te plaît ? » que je demande en mettant mes deux bras autour de sa taille.

Elle aime bien Mémère quand je lui fais des câlins, et je sais qu'elle ne me refuse rien comme ça. Ce n'est pas compliqué de jouer la tendresse et l'amour, suffit juste d'un sourire, d'un baiser et d'une étreinte, je l'ai vite compris. « Tu me passeras ton carnet de liaison, je marquerai que je t'ai gardée car tu avais de la fièvre » elle me dit, Mémère. Je crois qu'elle a souri, mais j'suis pas certaine.

« Je vais me coucher, j'suis fatiguée » que je lui dis en déposant un baiser sur son épaule.

J'entends Mémère qui s'active dans la cuisine pendant que le vieux regarde un film débile à la télé.

Y a des gens qui se plaignent du temps qui passe trop vite, moi, faut voir comme il prend son temps, le temps, enfoiré. Les journées n'en finissent jamais. Alors, quand je suis dans mon lit, que je ferme les yeux, je me mets à espérer que demain, je ne pourrai pas me réveiller, et qu'on me retrouvera morte, alitée.

Je m'approche de la cage de Yagoumi. Il y a toujours le torchon sur la cage.

***

Sept heures trente du mat', le papa pharmacien est de garde et maman instituTICE a du travail en retard. Je me demande bien ce qu'une prof peut avoir comme retard. Du coup, Mémère est de corvée d'Antoine. En ce moment, elle le garde bénévolement, pour faire plaisir, pour montrer à Dieu qu'elle est gentille et tout et tout… Y a aucune bête qui grogne à l'intérieur de Mémère. Yagoumi est mort.

Je reste dans mon lit. Pas envie de me lever. La voix grinçante du gamin se mélange aux Krispies dans ma tête, putain de bruit.

Et le gamin entre dans ma chambre sans frapper… aucune éducation… J'aurais pu être en train de me branler, bordel…

« Léa », qu'il dit en sautant sur mon lit. « Casse-toi, gamin, ou je t'étrangle », que je lui réponds en le bousculant. « T'es méchante », il chuchote. Puis il sort de ma piaule en gueulant : « Mémé, Léa a dit "j't'étrangle". » Je n'entends pas ce que dit Mémère. J'entends le bruit des casseroles s'entrechoquer, puis le silence… le presque silence, car dans ma tête, ça continue de faire creuch creuch.

À table, Mémère a préparé des pâtes à la bolognaise. Antoine raconte qu'il a regardé un super dessin-animé avec ses parents, hier soir. M'en branle. Mon ami Yagoumi est mort.

Mémère range sa vaisselle, son corps lui fait mal, je le sais, car elle fait toujours la grimace quand ses pieds se posent sur le sol… Elle fait de tout petits pas, le dos voûté.

« Tu veux bien t'occuper d'Antoine ? », elle me demande avant de poursuivre : « J'ai des papiers à traiter et faut que je rentre le linge… »

« Ah non, Mémère, moi, j'ai des choses à faire. Je vais sortir m'aérer les neurones… »

« … J'augmenterai ton argent de poche… », elle me répond en soupirant.

« Ah, si tu me prends par les sentiments. »

Me voilà de corvée du gosse.

Dans ma piaule, je me remets devant une feuille vierge, mais je ne parviens pas à me concentrer sur mon dessin. Antoine ne fait que parler, puis il me bouscule parce que je l'écoute pas. Je le pousse en lui disant de me foutre la paix, il revient à la charge et me pince l'avant-bras en me regardant fixement. Ce gosse, c'est le démon personnifié.

Ça fait encore du bruit dans ma tête et ma gorge me gratte, *même la serviette que j'ai mise à l'intérieur n'éponge pas mes parois pleines de bulbes.* Je vais me foutre en l'air, c'est certain.

***

La porte d'entrée s'ouvre enfin. Mémère soupire…

***

« Mémère, je vais sortir un peu » que je dis à la vieille allongée sur son canapé. Je croyais qu'elle avait du boulot, alors qu'elle a juste envie de flâner. Elle aurait dû dire à la daronne d'Antoine qu'elle ne pouvait pas garder son gosse aujourd'hui.

« Ma chérie, tu m'as dit que tu pouvais t'occuper d'Antoine, aujourd'hui » elle me dit en levant un peu la tête avant de la reposer. « Non, faut que je sorte, sinon je vais commettre un meurtre » que je lui dis. Mémère soupire, hoche la tête, ferme ses yeux.

Je sors, je vais pour fermer la porte, et le gosse court dans le couloir en gueulant mon prénom. « Antoine, laisse Léa tranquille, viens ici », elle dit Mémère. Faut voir comme elle me fait de la peine, cette vieille.

***

Je me sens bien, *nous ne souffrons plus.*

***

Il fait beau, il fait chaud, les oiseaux chantent. J'avance, j'avance encore. La terre *mourante* sous mes pieds s'écrase à chacun de mes pas.

Derrière moi, la porte claque. Je ne me retourne pas, j'avance, j'avance.

J'escalade le petit muret, je longe quelques instants le petit ruisseau. Je vérifie ma gorge, la sensation revient.

***

Je me tourne… Bordel qu'il est laid. Je pourrais courir, oui, mais *On* me dit qu'il ne faut pas que je bouge…

Il a des pieds énormes avec des griffes jaunes. Des pieds gros, poilus… sa tête est difforme, toute tordue. Une grosse bouche pleine de dents pointues. Le nez, le nez est enfoncé, je vois sa cervelle par le trou béant de sa boîte crânienne. Qu'il est laid le monstre, il n'est pas bien grand, pourtant… *On* en a déjà détruit des plus puissants.

Ça fait du bruit, du bruit, des cracs, des pchhh, dans ma tête.

Le monstre court encore et s'agrippe à ma ceinture. Ça sent mauvais. Pchhh pchhhh, creuch, creuch, dans le cerveau.

***

Il y a la main qui empoigne pendant que l'autre main serre la bouche, fort, très fort. La main qui appuie sur le nez, sur le bas du visage. Le petit monstre se débat, et tombe au sol…

Il y a un pied qui tape dans le ventre, bleuch bleuch… il y a la semelle qui écrase la petite tête, comme une tête de petit chat, crac, crac.

Creuch creuch creuch…

Le petit monstre a du sang qui coule par les lèvres, par le nez, par les oreilles. Il ne bouge plus… corps difforme… C'était lui ou moi.

Creuch, creuch, creuch…

« Elle » est forte, « Elle », « Elle » n'a peur de rien.

Elle quitte le tee-shirt du monstre-Blob. « Elle » n'a pas peur qu'il se réveille de la mort. Il fait chaud. « Elle » quitte le pantalon du monstre-Blob. Il fait chaud, très chaud. Le monstre reste immobile, ignoble masse gélatineuse… Le Blob est nu. Le sang coule par le nez, les oreilles et la bouche. « Elle » prend le Blob comme « Elle » prendrait un caillou pour le jeter dans l'eau. Plouf, plouf…

Dans l'eau du ruisseau, les cheveux et le corps du petit démon flottent, flottent… comme un morceau de bois, comme les lentilles d'eau.

***

On me dit qu'il faut courir, alors je cours, je cours jusqu'à la cabane. Personne ne saura que j'suis là, car personne ne connaît la cabane.

Puis de nouveau le bruit dehors… *Bleush bleush, creuch, creuch*… Faut pas bouger, pas encore… faut juste prendre le couteau qu'*On* a planqué il y a des années… le gros couteau que Mémère a cherché longtemps sans jamais le trouver. Je prends le gros couteau… je suis prête, *On* est prêts… y a le bruit des pas, y a le bruit de voix inhumaines… creuch creuch… debout, se mettre debout… Attendre… la porte s'ouvre, quelle forme informe… alors *On* saute, ensemble… et *On* tape avec la lame fort, très fort. Elle s'enfonce… ça gicle chaud…

Un de moins, un de moins…

***

Je n'ai pas froid, je n'ai pas chaud, aucune sensation sur mon corps, aucune sensation dans mon corps, c'est peut-être ça la mort…

***

C'est la sirène des flics qui m'a réveillée. Il fait nuit dehors. C'est une main sur mon bras qui m'a soulevée du sol. Alors j'ai crié, alors j'ai hurlé, alors j'ai donné des coups de poing, des coups de pied. C'est l'aiguille dans le bras qui m'a assommée.

« J'ai gagné, *On* a gagné, regardez, regardez, *On* m'a sauvée… » que j'ai dit.

Je sens le liquide chaud dans mes veines…

Je suis molle, si molle…

Au sol, il y a… il y a…. rien… plus rien…

Bibliographie de Maryssa Rachel :

ACCOMMODER AU SAFRAN – *JDH Éditions, 2021*

KAMASUTRA LESBIEN – *Éditions Poche –2021 (à venir)*

J'AI TANGUÉ SUR MA VIE – *JDH Éditions, décembre 2020*

ÉTAT LIMITE – *5 Sens Éditions, juin 2019*

KAMASUTRA LESBIEN – *Musardine, avril 2018*

OUTRAGE – *Hugo & Cie, août 2017*

OUTRAGE – *France Loisirs, 2017*

LOPHIIFORME *(nouvelle) – Évidence Éditions, 2017*

ANOTHER ME – *5 Sens Éditions, décembre 2016*

DÉCOUSUE – *collection indécence (version numérique), février 2016*

DÉCOUSUE – *5 Sens Éditions (version papier), août 2015*

SHEMALE, un garçon pas comme les autres – *Éditions Kirographaire, 2013*

Chroniqueuse :

BON POUR LA TÊTE : *2019 (toujours d'actualité)*

JEANNE MAGAZINE : *2014-2017*

WET FOR HER : *08-2013 -2016*

LP MAGAZINE : *2010-2012*

Sainte-Anne de la miséricorde

Par Yoann Laurent-Rouault

La nuit commerçante s'achève. Les lueurs d'espoir sont devenues blafardes. Les enseignes des usines à débauche sont éteintes. Les couleurs fauves sont passées derrière la toile sur le principe qu'à la nuit succède le jour. Un éclairage de ville jaune comme un soleil sale domine. Dans 3 heures tout au plus, le ballet des humbles travailleurs prendra le relais sur celui des dingues et des paumés. La dernière tranche de la nuit leur appartient. Les fêtards de la première tranche horaire sont quant à eux, soit en train de cuver, soit en train de baiser, soit en train de vomir.

Ainsi vivent les chouettes et les hiboux.

Le lendemain, ils régurgitent sous forme de boulettes les poils et les os des vies dévorées pendant leurs nuits assassines.

Les dingues et les paumés, eux, circulent, la haine dans les poches et le mal en tête.

Au lever du jour, ils rejoindront leurs poubelles.

Leurs âmes bien au chaud, confites dans un bain de crasse antirouille.

Jusqu'à la nuit prochaine.

Je chemine sur le vieux pavé de la vieille ville, debout dans mes vielles bottes, ma sacoche de billets sur le ventre. Encore debout, nuit après nuit. Je ne suis qu'au début de ma balade dans ce siècle rouge marron. Je n'en ai pas l'assurance, mais je suis jeune. Encore jeune. Pas encore trentenaire.

C'était une « bonne soirée » de début de siècle.

Fatigante.

Stressante, mais lucrative.

J'ai picolé raisonnablement.

Un goût de trop peu titille caleçon et chapeau.

Trop de limonade dans le whisky.

Trop de glace dans la vodka.

Pas de temps pour la libido.

Mais la caisse enregistreuse de mon bar a ronronné comme une chatte en chaleur qui se tape son petit gourmet au persil après une bonne partie de cul sur un toit brûlant. Elle a sonné gaiement quand j'ai fait le « z ».

Je devrais rentrer immédiatement chez moi.

Et m'estimer heureux.

Mais les nerfs gagnent sur la fatigue.

Je devrais rentrer me coucher, me vautrer dans mon chiffre d'affaires, fumer un pétard au paddock, envoyer quelques SMS brûlants à une de mes maîtresses du moment pour réveiller son mec, mais…

Je ne me suis pas assez anesthésié.

La nuit veut de moi.

Je suis en nage libre entre deux de ses eaux.

Le temps tourne plus lentement que plus tôt, mais c'est la descente, et tant bien que mal la nuit fout le camp et moi je fume pour me fabriquer des nuages.

Pompier bossant dans le funéraire pour faire reluire la lance à incendie tous les jours du mois…

Demain, mes poumons seront plus beaux…

Goudronnés comme un parking de centre-ville.

Beaux comme le trou du cul tout neuf d'un 15 tonnes sortant des usines Renault.

Je respire la fin de ma nuit en asthmatique de la journée.

J'essaye de faire le distinguo entre les odeurs de crasse, de moules et de fromages.

Je hume la nuit de la cité, comme si j'étais dans un pré en Normandie.

Mais je n'y suis pas.

J'aimerais y être.

Je me suis gouré d'itinéraire.

J'aimerais entrer à la ferme, enlever mes bottes crottées dans l'entrée, monter directement faire un câlin à la Marie qui m'attend, chaude, douce, laiteuse et perdue dans ses couvertures.

Lui faire une simple saillie, animale et sans effort, pour le plaisir de nous deux, sans rien dire.

Arroser ma femme.

Jolie plante aux floraisons épisodiques.

J'en rêve de celle-là.

Puis me relever, entendre le sommier séculaire grincer sous le poids de mon cul, chausser les pantoufles du Noël d'il y a 10 ans et descendre à la cuisine par l'escalier grinçant où parfois, la nuit, on entend des bruits de sable et comme des pas. Choper le trois étoiles par le goulot sur le buffet d'un geste viril, me servir un gros rouge dans un verre en pyrex et tacher la toile cirée façon anneaux olympiques avec le cul de la bouteille.

Puis écouter le silence.

Déchiré de temps à autre par le cri d'une chouette.

Ou d'un hibou.

Me dire qu'ils n'ont pas de maison et que c'est bien con pour eux.

Mais que chez moi, il fait bon.

La nuit s'angoisse, les appétits sont multiples ; c'est la réponse.

Je croise des filles aux bouches démesurées, aux jambes attractives, aux culs espérés…

Je rentre seul ce soir.

Le chevalier gris pourrait mettre cape blanche.

Mais il n'en a pas vraiment envie.

Sainte-Anne, pour une fois que je ne cède pas aux péchés…

Puis-je espérer voir, en récompense, si vous portez une petite culotte sous votre épaisse robe de bure ?

Non ?

Salope.

Rassure-toi poupée, ça ne va pas durer…

Je ne résisterai pas bien longtemps.

Je tiens à prendre mon petit-déjeuner avec Satan.

Un éclair pour moi.

Une religieuse pour lui.

C'est une tradition.

La nuit avance vers la lune et le soleil attend son tour.

Il ne s'emmerde plus à prendre rendez-vous, depuis le temps.

Et les putes sont au garde-à-vous.

Dans le clair-obscur de notre cité.

Fatiguées.

Shootées.

En rang d'oignons.

Le long, le long, des trottoirs en peine de badauds.
Soumises aux phares obsédés des bagnoles errantes.
Trop jeunes ou trop vieilles.
Pas à la bonne place.
Circonstances de vies oiseuses et glauques.
Pas à la bonne place, mais au garde-à-vous quand même, braves petits soldats.
Au garde-à-vous de l'Afrique à l'Asie et du Brésil aux pays de l'Est.

Je ne vois qu'elles.

Les autres ne m'intéressent pas.

Plus.

Plus vraiment.

Les étudiantes, les femmes mariées en goguette, les célibataires en manque de queues, je les ai assez vues…
Reines de Saba, stars d'un soir pour quelques pauvres mecs épris ou libidineux, maîtresses, amantes, intrigantes, vaporeuses…
Les tentatrices de comptoir.
Les menthes pastilles des zincs, les religieuses aux queues de pies voleuses relevées et prometteuses pour les fabricants de distributeurs à capotes.
Je vois ça toutes les nuits que diable aime.
La valse des couples.
La java des sentiments…
Mais pas dans les tons bleus pour la musique… plutôt pourpres… et noirs… les couleurs du deuil pour les fleurs bleues.

Quant aux paroles de la chanson…
Out !
Jeu, set et splatch…

J'ai faim.

Je n'ai ni dîné ni déjeuné d'ailleurs.
Pas le temps.
J'enchaîne les journées de con.
Connes de journées sans nuit de chine.
Petit matin avec des piles alcalines dans le cul.
Piles salines dans le baril de morues.

Je traverse la place Sainte-Anne sans me soucier des pèlerins.

Au passage, je me demande ce qu'elle a bien pu faire celle-là pour être reconnue par le pape et son orchestre…

Je n'aime pas ces gens-là.

Ceux qui se donnent le pouvoir de reconnaître d'autres gens.

Pas plus que les dingues et les paumés.
Pas plus que les reines de Saba.

Je vais manger.

Puis je n'irai pas aux putes.

L'estomac est roi.

Et mon roi est fainéant.

Je sors de la place Sainte-Anne maintenant pour m'engager dans une petite rue adjacente. Direction la sandwicherie des zombies. La seule ouverte toute la nuit dans la ville. Avec des putains de sandwichs gras, lourds et extraterrestres pour les affamés.

Le gérant du désastre est un mec bizarre. Sa gueule est loin d'être appétissante. Une sorte de Jo la Balafre, la gueule brûlée dans un accident, une casquette rivée sur le crâne pour planquer les dégâts. Il n'est pas trop aimable. Et un peu dégueulasse.

Mais il me fait passer en premier.

Devant les zombies.

Alors, je n'attends pas trop.

Et je n'aime pas l'attente.

Il me fait passer en VIP de sa gargote huileuse aux vitres fracassées par les dingues et les paumés. Parce que je suis le mec de La fonderie et de l'autre comptoir, du plus connu, de La rhumerie de la rue de la soif.

Et je pue le rhum.

Je ne supporte plus le rhum.

La star ne mange plus de babas.

Le VIP a faim.

J'arrive au palais des délices, au concasseur d'artères, au fournisseur de diabète…

L'ambiance est chaude au Palladium ce soir…

C'est la grande nuit du père Noël…

Une file d'une dizaine de zombies qui ont déjà vomi un peu plus tôt leurs kebabs contre un mur poireautent… ils ont toujours plus d'alcool dans l'estomac que de madeleines.

Ils attendent.

Se taxent des clopes imaginaires.

Se pelotent le cul.

Grognent en cadence.

Une fille montre ses nichons.

Une jolie brunette aux cernes à la fois aussi noirs et profonds que sont le trou de la Sécurité sociale et le vide religieux de la nuit.

Sainte-Anne, je t'emmerde, ton quartier est pourri et ton église est moche.

Je mate.

Je suis un homme de Croque-Mignonne.

Homme aimer femme.

L'odyssée de l'espèce…

Massue en érection.

Alors, je mate les petites pointes roses.

Elle n'est pas frileuse la brunette.

Elle montre ses mamelles en échange d'une place gagnée sur deux blaireaux aux mines basses d'étudiants en sciences de la vie et de la terre qui font la queue comme des Polonais sous dictature.

Jolis seins.

Ça me ramène aux putes.

Et les putes me ramènent à mon estomac.

Illico presto.

Je passe.

En force.

Je bouscule.

Le trottoir est étroit et ça m'arrange.

La fille grogne quand je la grille.

Elle baisse son tee-shirt quand elle croise mon regard blasé.

Son mec se marre.

Content.

Je cogne à la vitre du passe-plat.

Le vieux bizarre à casquette se fend d'un sourire.

C'est bon pour son commerce d'avoir du patron de bar à la fenêtre.

Il me fait signe.

Signe qui veut dire « comme d'hab' ? ».

Je lève le pouce, comme jadis Jules aux gladiateurs.

Puis je me mets en retrait tactique : il enverra son « boy » m'amener mon singe sur le trottoir d'en face.

J'ai un compte.

Même pas besoin de sortir l'argent du péché délicatement chauffé par mes couilles dans les poches de mon 501.

La femelle aux mamelles nues me regarde.

Épatée.

Elle se dit qu'elle aurait mieux fait de faire la queue avec moi.

Son mec ne rit plus.

Elle amorce le geste de traverser la petite rue pour venir vers moi.

Moi, j'ai le cul posé sur un muret.

J'ai allumé une autre clope.

Je savais qu'elle allait venir me taxer.

Plus personne n'a de clous de cercueil à cette heure-là.

Son mec la retient violemment par le bras.

Elle crie.

Ils s'embrouillent.

Elle l'envoie chier.

Elle part en sens inverse.

Il attend une minute avant de sprinter vers elle.

Le temps de sentir le vide.

De regarder la silhouette aimée s'éloigner et le cul de cette silhouette aimée balancer en cadence aux pas vengeurs de la femelle contrariée.

Dans la file des zombies affamés, c'est deux places de gagnées.

Satisfecit des petits Gargantua.

Les ogres, eux, sont déjà au plumard.

Ceux-là ont des dents de lait,

Quant à moi, pour la cravate de notaire dans le parking, je repasserai.

Je perds une demie molle, pas de quoi fouetter un curé.

Mais la brunette aurait fait un bon dessert.

Ainsi, va la nuit.

D'autres types arrivent, un grand mec basané, speed, avec le mot racaille de tagué sur sa gueule d'ange des bétons armés.

Yo, man !

Un dealer est sur la place !

Un dealer, c'est comme patron de bar de nuit, mais sans comptoir et sans Licence IV. Avec plus de marge et aucune taxe.

Bref, de la concurrence.

Déloyale.

Et je n'aime pas la concurrence.

Déloyale ou pas.

Il se la pète au milieu des zombies.

Il roule des mécaniques.

Sa gestuelle simiesque me fait sourire.

Ces types ont des troubles avérés du comportement et personne ne fait rien.

Il faudrait contacter le musée d'Histoire naturelle.

Je me demande ce qu'ils en pensent.

Mon Tony Montana de fête foraine bouscule un petit trapu en chemise. En chemise avec un chapeau de cuir.

Manouche sans doute.

Je ne l'avais pas vu.

Il est en queue de file.

Il a dû arriver pendant ma contemplation culturelle de nichons, une huile de friteuse sur bitume à accrocher en bonne place dans la galerie des plaisirs enfuis.

Manouche du soir ne rime pas avec espoir.

Si j'étais le dealer, je ne sais pas pourquoi, mais je ne me la raconterais pas. Surtout que les manouches, quand ils sont seuls, c'est un peu comme les éléphants solitaires : ils sont plus dangereux qu'en troupeau.

Le manouche se retourne vers le type, chapeau bas sur le front.

Je comprends, pour avoir pratiqué certains sports avec récurrence avec ce type de personnage, que ça va partir en live, si notre chimpanzé amateur n'écrase pas sa banane dans le cendrier.

Mais, le dealer est grand. Fort. Large. Shooté.

Et surtout complètement con.

Je m'installe.

Je regrette que mon barman ne soit pas là.

Nous aurions parié sur le temps que le manouche aurait mis à descendre le vendeur à la sauvette.

Bien que plus jeune, il a, à vue de pif, guère plus de 25 ans, bien que plus costaud, je ne mise pas un kopeck sur le grand banané.

Le manouche, qui après avoir pris un taquet narquois sur la joue, se déplace maintenant vers la rue, toujours sans rien dire. L'homme, d'une quarantaine d'années, ramassé comme un boxeur, me fait immédiatement penser à ces marins qui pratiquaient la boxe clandestine dans les ports de Nantes ou de Saint-Nazaire et qui traînaient dans la journée sur les quais pour trouver un petit boulot qui payerait la soirée avec ces dames.

Plus jeune, j'ai bossé sur les quais pour me payer mon bac.

De nuit.

De nuit en nuit, paquets de mer et congères, pétrole et tuyaux, passerelles et poivrots, uniforme de blaireau salarié et paye de misère…

D'autres nuits câlines…

Mais le premier round va commencer, ça chauffe. Pour le départ, pas de problème, il n'y a que des cloches autour de moi, de l'église aux zombies.

Le dealer pousse soudainement un cri, à la Tarzan, étouffé sur l'instant par un enchaînement foudroyant de droites et de gauches qui s'abattent sur lui, de l'estomac au menton. Je n'ai même pas le temps de me demander où j'ai mis les clés de ma caravane que le manouche se tourne vers moi, il n'est qu'à quelques pas, et me prend à témoin en disant et en montrant du doigt sa victime à terre :

— Maintenant, je vais te montrer comment on tue un mec.

Je ne réponds rien.

Je reste assis.

Ma main dans ma poche a rejoint mon poing américain.

Réflexe.

Inutile.

Ce n'est pas après moi qu'il en a.

Il tourne maintenant autour du dealer, toujours allongé sur le sol, à demi inconscient.

Comme un félin autour de son casse-croûte.

Il inspecte.

Il soupèse.

Il jauge.

Comme s'il se demandait par quel bout il allait finir de le démonter.

Je regrette à cet instant précis de n'avoir jamais appris à jouer de l'harmonica.

Ça aurait bien correspondu à l'ambiance qui tourne au western maintenant.

Puis, sur un ton de démonstrateur de foire, mon manouche lève les mains au ciel, puis replace son chapeau et dit, à destination de la file de zombies scotchée par ce remake de *Street Fighter* qui se jouait devant leurs yeux :

— Je vais vous montrer comment on tue une raclure. Vous allez apprendre.

J'hésite.

Je ne bouge pas.

Je réfléchis.

Je ne sais pas encore s'il est sérieux.

Mais je croise son regard.

Et je me répète alors, en trois langues, que ce ne sont pas mes histoires.

Que je ne suis pas en service, que je n'ai pas de gamelle à défendre.

Alors, comme je ne bronche pas, il s'avance vers moi.

Il me dit presque jovial :

— Regarde bien ça, patron !

Et soudain, ça me revient.

Je l'ai servi en fin de soirée ce type.

À mon putain de comptoir.

Il tournait au rhum poivre.

Au premier verre, il a dit à mon barman que ça ressemblait de goût aux mélanges de certains rades d'Afrique noire qui vendent une mixture identique, mais enrichie de poudre à fusil.

J'avais souri.

C'en était effectivement inspiré.

Il était calme.

Sans offrir de sourire en retour, mais calme.

Le nez dans le rhum et les yeux ailleurs.

Il en a bu trois ou quatre.

Il y avait du monde.

Je ne le surveillais pas.

Il était dans l'angle.

Dans un coin sombre.

Et sans chapeau.

On n'éclaire pas un rade comme le mien en pleins phares.

Sinon les moches ne viendraient pas.

Les affreux ne baiseraient pas.

Les gens se verraient dans les glaces.

Dans le gras de la nicotine.

Dans les feux des miroirs.

Il avait payé et dit « bonsoir » en sortant.

R.A.S.

Puis la soirée avait avancé.

Puis on a fait tinter la cloche et passer la musique de fin.

Puis on a fermé.

Rentré la terrasse en évitant les cadavres.

Fait le ménage.

Fait la caisse.

Puis on a bu un dernier verre.

Et rideau.

Et je suis là.

Avec ma sacoche pleine de biftons sur le bide.

À attendre mon sandwich.

Je suis là, assis sur ce muret, à le regarder sans bien savoir ce qui va se passer.

Je suis là à croiser mon regard au sien.

Je n'ai jamais vu un regard aussi froid.

Aussi vide.

Aussi dur.

Je n'aimerais pas avoir à me foutre sur la gueule avec lui.

Il continue de parler, je n'entends pas, plus, j'observe ce type prendre par les épaules Jo le Dealer, inconscient, toujours sonné et la tronche en trois épisodes.

Il le tire et amène sa tête sur le rebord du trottoir.

Je me lève.

Parce que je comprends.

Je m'éloigne.

Parce que je comprends.

De quelques pas.

Je lui tourne le dos.

Les sens en alerte.

Je ne veux pas assister au spectacle.

Je ne suis pas le bouseux qu'on emmène au cirque dès qu'il fout les pieds à la ville.

Et puis, j'en croise tellement de grandes gueules…

Des mecs qui jouent aux caïds.

Des fous qui se sodomisent le cerveau avec de l'ultra-violence.

Je ne suis pas complice.

J'ai mes histoires moi aussi.

En plus le sandwich va arriver.

J'ai appris à ne pas me mêler des histoires des autres.

Puis, s'il fait tout ça avec moi pour témoin, il fait une erreur.

Je suis un mauvais témoin.

En amour comme en amitié, dans les accidents comme dans les mariages.

Mais allez savoir pourquoi, je n'ai plus très faim.

Même si je vois que les gars derrière les vitres se sont remis au boulot. Blasés eux aussi des spectacles nocturnes du cirque.

La ville est un chapiteau.

Elle a ses équilibristes, ses clowns, ses jongleurs, ses dresseurs et ses lanceurs de couteaux. Quant à l'homme canon, il est toujours en collé-copié sur la façade du parlement.

Un tir foireux…

Je m'éloigne encore un peu, le manouche gueule pourtant :

— T'en va pas !

Puis j'entends un bruit d'os.

Immédiatement après.

Le même bruit que fait une carcasse de poulet quand on la casse.

En plus sinistre.

En plus grave.

Je me retourne, je me dis que ce con joue à *American History X* dans mon dos.

Des zombies crient.

Comme des goëls à marée basse.

Le temps s'arrête.

La nuit s'étonne.

Je suis tourné vers lui maintenant.

Il me sourit.

Mes yeux balaient le sol.

Le dealer… son cou fait un angle bizarre avec sa tête.

Mais je n'ai pas le temps de réagir.

D'étudier l'angle et de réviser mes cours de géométrie.

Il a joint ses pieds et il saute à présent.

Sur la tête du dealer.

Une fois, puis deux fois, puis trois fois…

Cela pourrait durer…

Il semble aimer.

Il sourit même.

Je suis ailleurs.

Une envie de meurtre monte doucement en moi.

Suave comme un baiser de mon ex-femme.

Langoureuse comme une vidéo de Marilyn au bord d'une piscine.

Mais un type arrive sur lui en courant.

Je l'identifie immédiatement.

Ce bon samaritain de la place Sainte-Anne.

Ce sauveur de dealer.

Cette fée république.

C'est un flic en civil.

Connu de mes dantesques afters.

Avec ses potes.

Brigade de nuit.

Brigade d'ennuis.

Les deux roulent au sol.

Le manouche se remet sur pied d'un bond et réitère sa parade et descend le flic de trois coups de poing.

Il tombe comme une poupée tombe d'une poussette.

Le poulet ne caquette pas plus que le dealer ne caquetait depuis sa raclée.

Le manouche regarde un instant le flic parti dans les limbes, ramasse son chapeau et revient au dealer.

Le type a la gueule en bouillie.

Il ressemble à un hérisson écrasé sur une nationale.

Je lève les yeux.

Les zombies ont foutu le camp.

La sandwicherie baisse son rideau de fer.

Ça couine et ça coince.

Le rideau tombe en urgence et même Staline n'y pourrait rien.

Je n'aurai pas mon sandwich ce soir.

C'est mort.

Adieu mouton, porc, poulet, frites, salade, oignons et sauce piquante.

Perrette est en grève.

Je tourne mon regard vers l'assassin.

Le manouche crache sur le dealer.

Salut immuable aux braves de la nuit.

Puis, il tourne les talons.

Je le regarde s'éloigner.

Calmement.

Il marche comme toi quand tu promènes ta science.

Il va même croiser une bagnole de flics qui arrive, sirène hurlante. Elle est à une rue. Ses lumières se reflètent sur le parvis de l'église.

Sons et lumières, les poulets sont en concert.
Sainte-Anne s'en fout.
Elle ne balance pas l'assassin aux flics.
Elle garde son doigt divin sur son clito.
Elle a autre chose à branler.

Moi ?
Je pense qu'il est temps de foutre le camp.
Ma bagnole est trop loin.
Le quartier va être bouclé.
Barrières, camionnettes et pompiers.
Toute une meute de Playmobils au catalogue.
Il faudra penser à mettre du sable…
Il y a beaucoup de sang sur le trottoir.
Je rebrousse chemin vers le bar.
Il y a bien un salaud qui dira que j'étais là.
Qui me balancera comme témoin.
Comme si je n'avais pas déjà assez d'ennemis qui veulent me mettre en pièces détachées.
Les flics sauront où me trouver.
Si « on dit », ils viendront frapper au bar.
Autant leur éviter le déplacement à la cambrouse.

Dans mon hamac, maman, je n'ai pas dormi.

Fermé l'œil, mais pas dormi.

Et puis mes filles sont arrivées à neuf heures du matin, comme d'habitude. Elles font l'ouverture.

Mes jolies tourterelles courtes vêtues.

Elles rient de me trouver là, dans le hamac.

— Tu as trop picolé hier soir, boss ? Un café ? Une douche ?

Elles se foutent de ma gueule.

Elles ont raison.

Il est midi maintenant, je suis assis en terrasse. Je bois mon cinquième expresso. Avec le même plaisir. La vie a du bon.

Tout le quartier ne parle que du « mort de la place Sainte-Anne ».

Je ne dis rien.

Je ferme bien ma gueule.

Comme j'ai appris à le faire à l'église.

Comme j'ai appris à le faire à l'école.

Comme j'ai appris à le faire à l'armée.

Comme je sais le faire au tribunal.

Je n'étais pas là.

Je n'étais pas de nuit.

Je ne suis pas un hibou.

Je cuvais dans mon hamac.

En rêvant d'une brune enfant qui me montrait ses seins.

Il n'est pas le premier fumier à finir en pièces détachées.

Surtout dans le quartier.

C'est ce que je dis.

Son assassin n'est pas le premier cinglé qui traîne dans le quartier.

Ce n'est pas la première baston.

C'est ce que je dis.

Je n'en sors pas.

Et je le répéterai vingt fois dans la journée.

Et moi…

Je ne suis pas un bon citoyen…

Comme tout le monde…

Comme toi…

Bibliographie de Yoann Laurent-Rouault (Y.L.R) ou sous le pseudonyme d'Arthur Saint-Servan (A.S.S)

Yoann Laurent-Rouault est le directeur littéraire et artistique de la maison JDH Éditions et le rédacteur en chef de la revue littéraire L'Édredon. Vous pouvez le retrouver sur de nombreux articles.
www.jdheditions.fr

Tête de pion – *Éditions Norman, 2005*

Le conard nu – *roman, collection Récit (A.S.S), juillet 2019*

Aux petits bonheurs ou l'anatomie de la marguerite – *recueil de textes, collection My Feel Good (A.S.S), novembre 2019*

Préface pour « Claude Gueux » de Victor Hugo, *dans la collection Atemporels (Y.L.R), novembre 2019*

Le conard nu – *roman, réédition dans la collection Magnitudes (A.S.S), janvier 2020*

Adaptation française de « La tragédie de Fidel Castro », de Joao Cerqueira – *prix international de littérature (winner USA Best Book Awards & Beverly Hills Book Awards), collection Magnitudes (Y.L.R), mars 2020*

La dictature sanitaire – *pamphlet, première partie, collection Uppercut, collectif (Y.L.R), mars 2020*

Stupeur et confinements – *collectif JDH Éditions, orchestration et texte intitulé « Monsieur le » (Y.L.R), juin 2020*

Nos violences conjuguées – *collectif JDH Éditions, orchestration et nouvelle intitulée « Rue de la soif » (Y.L.R), juillet 2020*

Tu n'iras pas à l'école mon fils – *pamphlet, collection Uppercut (Y.L.R), septembre 2020*

Bouses de mammouth – *collectifs JDH Éditions (orchestration, préface et texte intitulé « Bouse de mammouth ») (Y.L.R), janvier 2021*

Préface pour le roman « Dripping sur tatami » d'Hector Marino – *collection Sporting Club JDH Éditions (Y.L.R), février 2021*

Les noces perverses – *thriller érotique avec Ana Jan Lila, dans la série « De Stockholm à Lima » (A.S.S), janvier 2021*

Immigration mon amour – *biographie de Lamia Aamou, collection Baraka, JDH Éditions, le livre sur mesure, à paraître très prochainement.*

Préface des « Onze mille verges » et « Du contrat social » – *dans la collection des Atemporels JDH Éditions, à paraître en 2021.*

La petite cuillère de Porcelaine Rouge (ou le roman en pièce) – *dans la collection Drôles de pages, JDH Éditions, à paraître en 2021.*

La banquière, le vélo et le pinceau – *dans la collection Nouvelles pages de JDH Éditions, à paraître en 2021.*

Un dernier café, les amis ?

Par Carlo Sibille Lumia

— Quelle belle journée, pas trop la gueule de bois ?!

La bouche pâteuse, il slalome entre ses deux compagnons de beuverie, couchés à même le sol, pour se diriger vers la machine à café. Pour une fois, il s'est endormi le dernier et est le premier à sortir des bras de Morphée... Les frères fêtards, eux, dans une inconfortable posture, semblent s'enlacer... Leurs visages sont gonflés, presque tuméfiés – peut-être en raison du cocktail détonant ingurgité quelques heures auparavant. Impassibles, les pupilles dilatées, ils semblent le fixer tandis qu'il leur parle de tout et de rien, de la neige tombée durant la nuit, de ses douleurs articulaires, ainsi que d'autres sujets on ne peut plus banals. L'homme de 53 ans, bien plus petit qu'eux, l'échine courbée, les domine du haut de son tabouret, tandis que la machine émet un aigu sifflement – comme le ferait un arbitre signalant la fin d'une partie de football. En fin de partie, ils le sont d'ailleurs tous plus ou moins. Stéphane, qui tient désormais en main sa tasse brûlante, vit seul dans ce F2 situé au 9e étage d'une cité d'une petite ville alsacienne sans grand intérêt pour ceux qui n'y sont pas nés ou qui n'y travaillent pas. Travailler ? Cela fait des années qu'il ne l'a d'ailleurs plus fait, vivant des aides sociales et profitant de sa pension d'invalidité pour financer des cubis de rouge bon marché et des médicaments de substitution aux opiacés... Un peu d'herbe de temps à autre. Et de la C, pour les grandes occasions, celles à marquer d'une pierre blanche, comme le fut la soirée de la veille... Car oui, Stéphane avait quelque chose d'important à fêter ! Un anniversaire quelque peu particulier. Pas le sien, mais ça, nous y reviendrons plus tard. Offrir de l'alcool et de la cocaïne à ses amis, il fallait bien ça pour les recevoir en grande pompe. Et ce ne sont pas eux – prisonniers de crédits immobiliers et de dettes, de drogue et de jeux – qui auraient pu s'en procurer. Les contacts, par contre, ils les avaient toujours fournis à Stéphane et à qui les demandaient... Ils connaissaient tous les dealers et les caïds de bas étage du coin, et plus encore les toxicos – trouvant dans le business de stups et de médicaments de quoi se payer leur consommation quotidienne. Et les allées et venues de véritables épaves, de zombies, au rez-de-chaussée de cet immeuble délabré de quartier, se multipliaient à mesure que les soirées se déroulaient. Mais nous nous détournons à nouveau de l'histoire initiale et de la scène qui est en train de se jouer dans la cuisine. Revenons donc à Stéphane, qui vient de se brûler la langue avec son café allongé. Pas de quoi pour autant l'empêcher de remémorer à ses deux compagnons la soirée pour la moins épique qu'ils viennent de passer :

— Qu'est-ce qu'on s'est encore mis dans la tronche, bordel ! Je pensais ne jamais me réveiller... Aujourd'hui, il va falloir que je me tape au moins dix cafés si je ne veux pas finir au sol comme vous... tente-t-il d'articuler, tout en roulant plusieurs fois la langue au niveau de son palais.

Et d'ajouter, en se tournant étrangement vers le balcon, pourtant vide :

— Ou comme toi, seule dehors !

L'élocution n'a jamais été la qualité première de cet étrange personnage, au visage sombre et aux petits yeux plissés. Les épaisses rides se formant aux coins de ces derniers ne font qu'accentuer son regard fuyant.

— Ô, la belle vie, sans amour, sans soucis, sans problèmes, mmmh... On est seul, on est libre et l'on traîne !

entonne-t-il d'un ton enjoué tout en s'attardant sur la position de ses compagnons.

Djibril est couché sur le dos, les bras le long du corps, le regard tourné vers le plafond, tandis que Farid, son frère, est à califourchon sur lui. « Ridicule », pense-t-il, avant de s'exclamer :

— Non, mais regardez-vous, bordel ! Dans quel état vous êtes, mes cons… Si vos ex-femmes vous voyaient, elles redemanderaient le divorce sur-le-champ !

Visiblement amusé par sa propre blague, il pousse un petit rire aigu, avant de consulter son téléphone portable tout en continuant de chantonner l'air du classique de Sacha Distel : « On s'enlace, on est triste et l'on traîneeee… »

— Déjà 10 heures ! lance-t-il soudainement. J'ai encore des courses à faire ! Et avec toute cette neige à l'extérieur… Autant vous prévenir que je ne vais pas passer toute la matinée à vous attendre ! Il va falloir vous remuer. Surtout que j'ai un rendez-vous que je ne peux pas manquer cet après-midi… Avec Margaux. Et hors de question que j'arrive en retard ! Alors, hop, hop, hop, on se bouge, sinon je vous vire à coups de pied au cul comme la dernière fois !

Une main dans le caleçon, l'autre empoignant le croissant séché par les deux journées passées à attendre de trouver preneur sur la table de la cuisine, il le trempe dans son breuvage encore fumant… avant de n'en faire qu'une bouchée, tout en mimant un vif geste initié par son pied velu. Ses longs et épais ongles noircis par le temps et le manque d'entretien se distinguent aisément depuis le milieu de la pièce. Et donnent même l'impression de griffes, depuis l'endroit où sont positionnés les frères. Ces derniers sont recouverts d'un simple drap. Il ne fait pas chaud dans la pièce, et la nuit a dû s'avérer glaciale pour eux sur le carrelage imbibé d'alcool, collant, de cette vétuste kitchenette... Les jumeaux – nés à quelques minutes d'intervalle – ne s'étaient jamais quittés, du berceau jusqu'à cette sombre et froide matinée de janvier ; se mariant tous deux contre leur volonté et leurs sentiments au nom de mœurs culturelles venues d'un autre âge, mais pourtant toujours bien ancrées dans leur famille. Ils étaient pour ce faire partis au Maroc, pays d'origine de leurs aïeux, et avaient épousé Fatima et Soraya. Jamais aucun des deux n'avait réellement éprouvé de l'amour pour sa femme, leurs sentiments à leur égard se limitant tout au plus à de l'attachement. Mais ils étaient tous deux devenus pères de deux enfants, un peu plus d'un an après leurs mariages : deux filles pour Djibril, deux garçons pour Farid. À l'aube de leurs 40 ans, les femmes des deux inséparables – devenues amies par la force des choses – s'étaient donné le mot et les avaient quittés pour retourner au Maroc avec leurs enfants. Et ce, à la suite d'un fâcheux épisode, les deux frères ayant été condamnés pour une affaire de vol en réunion commis dans un entrepôt de la zone commerciale voisine. Depuis, ils n'avaient plus aucun contact avec elles, ni avec leurs enfants. Et après tout, ils s'étaient fait une raison : comment auraient-ils pu les élever alors qu'ils n'avaient jamais réussi à s'élever eux-mêmes, à trouver une raison de vivre, ne serait-ce qu'une passion, une once d'espoir ou d'ambition... Devenus accros à toutes sortes de drogues – leur seule échappatoire en prison – ils avaient depuis connu une véritable descente aux enfers... Allant jusqu'à vendre leur corps aux plus offrants pour quelques doses et à participer à des règlements de comptes lorsqu'ils étaient incarcérés. Empêtrés dans ce véritable cercle vicieux, ils cherchaient désormais à s'évader pour oublier toutes les atrocités vécues, perpétrées derrière les barreaux… Fatigués de cette vie gâchée, foutue en l'air pour une connerie, une tentative de vol de jantes, qu'ils auraient de toute manière revendues une misère.

Stéphane, ils l'avaient rencontré dans le quartier, près du square où se réunissaient les zonards le soir, pour partager toutes sortes de filons foireux, d'objets volés et de doses d'herbe. Ce soir-là, ils avaient amené une bouteille de whisky bon marché avec eux, un Clan Campbell acheté dans une supérette du coin, partageant avec qui le voulait le goulot tout en écoutant les derniers ragots et plans « bétons » qui ne verraient jamais le jour, ou qui se révéleraient finalement merdiques. À vrai dire, ils traînaient plus dans les parages à la recherche de liens sociaux que de nouveaux projets qui les mèneraient à nouveau derrière les barreaux. Surtout avec le sursis probatoire qui planait au-dessus de leur tête telle une épée de Damoclès depuis leur peine d'emprisonnement ferme purgée. Stéphane, très porté sur l'alcool depuis « l'accident », ne s'était pas fait prier pour les aider à finir la bouteille de spiritueux. À court de munitions, les trois hommes avaient terminé la soirée chez lui ; son appartement n'étant situé qu'à une trentaine de mètres du square. La soirée avait été mémorable et depuis, ils ne s'étaient plus quittés, transformant leurs samedis soir en d'innombrables beuveries. Le verbe haut, jamais à court d'histoires et toujours quelques bouteilles à portée de main, Stéphane, même s'il ne se confiait pas beaucoup sur son passé, avait immédiatement plu aux frères. Ils l'avaient littéralement adopté, lui vouaient une confiance aveugle, le considérant au fil des années, et des tournées partagées, comme un troisième frère… Un jumeau de cœur. S'ils n'avaient pas pu choisir en amour, ils avaient mis un point d'honneur à le faire en amitié, loin de se douter du lourd secret qui pesait sur les épaules de leur ami. Loin de se douter du mal qui résidait en lui et qui était capable de ressurgir à tout moment… Surtout à l'approche de cette date si particulière qui réveillait en lui toutes sortes de démons. De vieux démons qui tentaient tant bien que mal, le restant de l'année, d'ouvrir cette trappe qui les enfermait dans le subconscient de leur hôte. Ce dernier livrait une épuisante et perpétuelle lutte pour les en empêcher, mais savait, au fond de lui, qu'ils prendraient un jour le dessus. Il était à bout de forces, las de porter ce lourd fardeau, exténué de devoir se battre au quotidien pour tenter de maquiller sa vraie nature. Un jour, il devrait laisser éclater la vérité… Et devrait alors vivre avec eux, s'accommodant de leurs immondes pulsions, voué à satisfaire leur insatiable appétit. Un temps repus, voilà quelques années que leurs ventres criaient famine, et qu'ils se faisaient de plus en plus insistants, pesants, dans l'esprit de Stéphane. Lorsqu'ils sortiraient, ils n'en seraient que plus virulents, l'homme en était conscient… S'il se l'était toujours refusé – et avait vivement chassé cette pensée chaque fois qu'elle refaisait surface – il n'avait finalement pas eu d'autre choix que de convier ses deux plus fidèles amis en ce jour si particulier… Voilà déjà dix ans que cela s'était produit, mais il pouvait pourtant encore sentir sa présence, son parfum, se replonger dans son regard… Dans ses yeux, rougis par les larmes, le suppliant. Dix ans qu'il avait dit oui à sa pulsion, et adieu à celle qu'il avait un jour aimée – renonçant définitivement à ce qu'il restait d'humanité en lui. Dix ans qu'elle avait fermé les yeux pour la dernière fois, incapable de regarder la mort en face. Pétrifiée par cet inconnu, ce possédé, qu'elle voyait réellement pour la première fois, et ce, malgré quinze années de vie commune. Une vie insipide qu'elle avait acceptée par amour. Un amour qui s'était peu à peu transformé en solitude, puis en peur. Peur de celui pour qui elle avait consacré tout son être, son âme, quitté famille, amis et boulot, et abandonné ses rêves. Totalement sous l'emprise d'un homme qui se faisait de plus en plus violent, humiliant, elle mourait peu à peu. Jamais elle n'avait cependant pu imaginer qu'il irait jusqu'à l'achever, s'étant plutôt résignée à disparaître à petit feu… Peut-être était-ce le plus grand service qu'il pouvait finalement lui rendre ? Ce soir-là, il l'avait forcée à s'avancer jusqu'au balcon, puis à s'asseoir sur la rambarde qui la séparait du sol, une vingtaine de mètres plus bas. Plus bas que terre, elle l'était depuis de nombreux mois, réduite à une sorte d'esclave ménager et sexuel, sans cesse rabaissée, calomniée, frappée. Ses seuls loisirs consistaient à manger les restes des plats qu'elle lui cuisinait, et à discuter le matin, depuis son balcon, avec l'une des voisines – d'un âge avancé – qui effectuait sa promenade quotidienne ; à une heure où son mari dormait encore. Car ce dernier n'acceptait pas qu'elle ait la moindre interaction sociale… Elle ne s'était même pas débattue lorsqu'il s'était soudainement avancé, plongeant ses petits yeux animés d'une folie – qu'elle n'avait jusqu'alors jamais lue – dans les siens. Non, ce soir-là, il semblait habité par quelque chose qui ressurgissait du plus profond de son être… Un quelque chose qu'il avait toujours cherché à enfouir, à dissimuler. « Adieu, Margaux… », lui avait-il simplement lancé, sans plus d'explications, plongeant une dernière fois ses braises ardentes dans les grands yeux rougis de la femme qui l'avait toujours épaulé, accompagné, aimé. Alors, elle avait fermé les yeux, et accepté son sort. C'était peut-être mieux ainsi…

« Qu'est-ce qu'on attend pour être heureux ? Qu'est-ce qu'on attend pour faire la fête ? » L'ampli stéréo bon marché tombé du camion et vendu par un gars du quartier grésillait, le volume à son maximum sur l'un des sons préférés de Stéphane… Ce dernier avait mis les petits plats dans les grands en cette soirée si spéciale à ses yeux. Comme chaque année, il fêtait cette triste date du 14 janvier, l'anniversaire de ce qu'il appelait désormais « l'accident ». Du moins, c'est le nom qu'avaient mis les enquêteurs, puis les médias, sur ce tragique évènement. Depuis « l'accident », donc, les petites voix dans l'esprit de Stéphane s'étaient faites de plus en plus pressantes, et résonnaient désormais comme un interminable écho. Si bien qu'il fut obligé d'écouter en boucle les meilleures chansons de son artiste préféré, Sacha Distel, pour ne pas perdre la tête. Il en était désormais convaincu, cette soirée allait être spéciale… Un hommage qui se devait d'être à la hauteur de celle d'il y a dix ans. Après tout, il devait bien ça à Margaux… Et leur devaient bien ça, à eux, après avoir attisé leur appétit durant si longtemps. Ils faisaient désormais partie intégrante de lui… Littéralement dévoré par ses démons, il avait imaginé une fiesta grandiose !

« Qu'est-ce qu'on attend pour perdre la tête ? La route est prête, le ciel est bleu… » résonne à tout rompre dans l'appartement. Les deux frères, attablés, rient presque sans discontinuité. En les regardant, Stéphane a une moue attendrie. « Demain matin, nous prendrons le petit-déjeuner tous les quatre… », murmure-t-il, en déplaçant son regard de la table de la cuisine à la fenêtre battante donnant sur le balcon ; avant de préparer trois cocktails à base de rhum blanc, de menthe et de soda. Il ouvre le tiroir de sa commode et en ressort une boîte contenant de petites pilules artisanales achetées en cryptomonnaie sur le darkweb par l'une de ses connaissances, un jeune geek du quartier très calé sur ce monde qui échappe totalement à Stéphane. Il en place dans deux des verres… « Y a des raisins, des rouges, des blancs, des bleus, les papillons s'en vont par deuuuux… » chantonne-t-il, tout en versant une dose de sucre de canne à faire pâlir un diabétique dans les boissons alcoolisées. Une fois les cocktails servis et bus d'un trait, la soirée peut enfin démarrer ! On pousse les meubles, on entame quelques pas de danse, la musique est à fond et empêche très certainement les voisins de dormir, mais qu'importe… On s'en fout, demain seulement, on pensera aux conséquences ! Des sourires irradient les visages des trois amis, qui éclatent de rire à chaque nouvelle chorégraphie. On trinque, on picole, on fume, on sniffe des rails de subutex et même de C. Quelle soirée ! Bientôt, les frères sont pris de nausées, tout se mélange dans leur esprit. Farid se tient le ventre, mais continue de danser. Ce n'est pas la première fois qu'ils mélangent autant de substances lors d'une chouille, et « ça finira bien par passer », se dit-il. Au bout d'une heure de danse effrénée, les deux frères commencent à avoir mal aux jambes… Stéphane, pourtant plus âgé que ses amis, tient la forme.

— Alors, quoi, vous vous foutez de moi, les gars ! s'exclame-t-il, en voyant Djibril tomber au sol, comme s'il ne maîtrisait plus l'usage de ses jambes.

Farid, lui, s'assoit sur un petit tabouret situé à quelques mètres de la piste de danse. Stéphane se trémousse de plus belle, regardant d'un œil amusé ses cadets, dont le visage semble de plus en plus livide… Après 45 minutes de véritable transe, l'homme, en nage, se dirige vers l'évier pour se rafraîchir : il y plonge son crâne, sa nuque, puis même sa poitrine. Trempé, il tombe le T-shirt, laissant apparaître un imposant tatouage de dragon au niveau du torse, sous ses poils blanchis par le temps.

— Les gars, on va passer au moment le plus attendu de la soirée, le karaoké ! lance-t-il à l'adresse de Djibril et Farid, tout en sortant du tiroir de la commode un micro bon marché, sorte de gadget très certainement acheté au marché du coin.

Ces derniers se tordent désormais tous deux de douleur dans une étrange chorégraphie : Djibril se tient la poitrine, toujours couché au sol, tandis que Farid tente désespérément de rejoindre son frère, en rampant, entre deux convulsions…

— Vous avez beaucoup de chance, les amis, ce soir, vous allez être aux premières loges d'un spectacle tout à fait spécial… Je vais vous interpréter les meilleurs titres de Sacha, au micro. C'est une vraie première ! Mais avant ça, je vais vous révéler un petit secret, jubile-t-il, les yeux désormais animés d'une étrange flamme, la même qu'il y a dix ans à la même date. Ce soir, les amis, vous allez mourir… Mais pas de n'importe quelle mort, attention ! Oh non, je vous aime, vous le savez, et je vous ai réservé une belle fin, la même que Socrate plusieurs siècles avant Jésus-Christ… C'était un philosophe grec, Djibril ! ajoute-t-il d'un ton presque paternel en se tournant vers les frères. Un jour, au collège, un de nos professeurs nous a parlé de sa mort, ça m'a marqué… Il a été condamné par 500 citoyens à avaler de la Grande Ciguë, une plante herbacée aux petites fleurs blanches… C'est une plante très toxique qui peut se révéler mortelle si l'on ingurgite six grammes de ses feuilles. Je ne sais plus trop ce qu'on lui reprochait, mais quelle belle mort, vous vous rendez compte ?! Condamné à mâcher une plante aux petites fleurs blanches quand on sait que certains finissent leurs jours pendus, électrocutés, noyés, étranglés, écrasés, transpercés d'une lame, brûlés… ou en tombant de plusieurs étages, n'est-ce pas, Margaux ?! souffle-t-il, en se tournant à nouveau vers le balcon. Ça a été un vrai chemin de croix pour s'en procurer, mais fort heureusement, j'ai pu compter sur l'aide de Greg, vous savez, le petit intello de l'immeuble d'à côté que vous m'aviez présenté. Alors, voici le programme de la fin de soirée : les petites pilules ajoutées à votre cocktail provoquent nausées et souffrances abdominales au bout de trente minutes environ… Passée l'heure, une paralysie des jambes se fait ressentir, puis, au bout d'une heure supplémentaire, ça s'étend à l'abdomen et à la poitrine. Ne vous en faites pas si vous avez des douleurs cardiaques, migraines, convulsions, c'est tout à fait normal ! La paralysie du système respiratoire est le clou du spectacle et ne devrait plus trop tarder, si l'on en croit votre état… La bonne nouvelle, c'est que pendant ce laps de temps, vous allez rester totalement conscients ! Vous pourrez donc m'écouter pousser la chansonnette jusqu'au bout… et partager ce beau moment. On va s'amuser, croyez-moi ! Quelle belle mort, mais quelle belle mort, bande de chanceux, je vous jalouse un peu ! Et comme le disait si bien Socrate : « Il vaut mieux subir l'injustice que de la commettre. » Tiens, Farid, je vais t'aider… Tu vas te placer sur ton frère, comme ça, vous vous tiendrez chaud. Et je vous ai même réservé un petit drap, pour que vous n'attrapiez pas froid… Je ne voudrais pas vous voir enrhumés à votre enterrement ! s'esclaffe-t-il, tout en plaçant délicatement le tissu sur le dos de son ami.

Les jumeaux ne bougent plus que lorsqu'ils convulsent. Des râles de douleur envahissent la pièce, des larmes coulent sur leurs joues. Ils pleurent en se regardant de leurs pupilles dilatées, le visage à quelques centimètres l'un de l'autre, la respiration lente et saccadée. Nés à quelques minutes d'intervalle, ils mourront ainsi également ; totalement impuissants. Sûrement épris de vifs regrets quant à la direction qu'ils ont donnée à leur existence, qui aurait pu être tout autre. S'ils n'avaient pas pu choisir leurs femmes, ils avaient mal choisi leurs fréquentations tout au long de leur vie… jusqu'à ce Stéphane, qu'ils considéraient tel un frère. Comment avaient-ils pu se tromper à ce point ? Qui plus est, tous les deux ? Les frères agonisaient maintenant lentement, d'une mort silencieuse et douloureuse, sentant leurs corps s'éteindre peu à peu…

— D'ailleurs, vous m'excuserez, mais je ne pourrai pas être présent à votre enterrement, reprend Stéphane de plus belle. J'espère au moins que vos ex-femmes et vos enfants viendront. Non, comme je vous le dis depuis plusieurs semaines, j'ai un rendez-vous que je ne peux pas rater demain. Avec Margaux… Je vais la rejoindre. Oui, parfaitement, nous allons faire une balade pour les dix ans de « l'accident ». Nous passerons par le balcon comme elle l'a déjà fait. C'est une première pour moi ! Je dois être à l'heure, et je lui réserve une petite surprise… Donc, demain, pas de grasse matinée, je vous préviens ! Nous prendrons le petit-déjeuner tous les quatre, puis je partirai faire les courses pour préparer au mieux mon rencard. J'ai vraiment plus l'habitude pour ces choses-là et je vous avoue que je suis un peu stressé. Je ne sais pas si vous vous imaginez, mais ça fait dix ans… Elle commence à me manquer, Margaux. J'en ai marre de ne l'apercevoir qu'assise sur la rambarde du balcon, elle ne veut jamais entrer. Demain, elle m'a promis de boire un dernier café avec nous, avant la promenade. Heureusement que vous êtes là ce soir, ça me permet de ne pas trop y penser… De ne pas trop angoisser ! J'ai l'impression de retomber dans la période de l'adolescence, des premiers rendez-vous. Vous n'avez pas ressenti la même chose quand vous êtes partis rencontrer vos femmes ? Bon, assez bavardé, on a encore une bonne heure devant nous, les amis, et j'aimerais qu'on en profite à fond… Qu'est-ce qu'on attend pour faire la fêteeeee ? s'égosille-t-il, tout en brandissant son micro, tandis que, dehors, les premiers flocons de neige de l'année s'écrasent sur le sol du balcon et sur la vitre. Alors, prêts pour le show ? !

Journaliste de presse écrite depuis désormais huit ans, Carlo Sibille Lumia s'occupe entre autres de la chronique judiciaire du quotidien régional « Le Républicain Lorrain ». Il assiste donc, chaque semaine, aux audiences du tribunal de Sarreguemines, en Moselle… De quoi plonger au plus profond de la noirceur de l'âme humaine et inspirer certains de ses personnages, certaines de ses histoires. À l'instar de cette nouvelle, inspirée de faits réels. Le premier roman de Carlo Sibille Lumia, « **C'est là que je l'ai vue** *», est également paru dans la collection Black-Files de JDH Éditions.*

Une adolescence

Par Johann Beckers

Forêt de Saint-Brice, un soir d'octobre. Par une nuit froide et brumeuse.

Ils sont quatre frères, issus de deux fratries différentes : Antoine et Jonathan Salgado, âgés de 15 et 17 ans. Dylan et Christopher Hue, âgés de 14 et 16 ans.

À la croisée de deux chemins, Antoine et les frères H attendent là, bonnets enfoncés jusqu'aux yeux. Antoine sort un joint de son paquet de clopes, l'allume et fait tourner. Le splif est fumé en quelques taffes nerveuses. Puis les trois commencent à s'agiter. Les frères H font les cent pas, Antoine danse d'un pied sur l'autre. Jonathan devrait être là, ça fait déjà plus d'une demi-heure qu'ils poireautent ! C'est alors que Dylan s'exclame : *Écoutez, là…* Les deux autres tendent l'oreille et confirment l'information, c'est bien le bruit d'un scooter qu'ils entendent au loin.

Quelques minutes plus tard, le phare du scooter de Jonathan transperce le brouillard et s'arrête à leur hauteur. L'adolescent coupe le moteur, enlève son casque, il cherche à descendre, mais le passager arrière reste en position et le bloque dans sa descente. Antoine leur lance : *Bon alors ! Qu'est-ce que vous foutez ?* …

Le passager, répondant au nom de David, hésite encore un instant, puis se décide enfin. Tout bien considéré, ces gars-là, il les connaît depuis si longtemps, qu'a-t-il à craindre d'eux ? …

Antoine allume un deuxième joint, le passe à son frère, qui, après une taffe rapide, fait tourner à David. Jusque-là, rien d'anormal. On s'est donné rendez-vous pour fumer tranquille dans les bois, alors autant profiter et se détendre. David en est désormais convaincu : il s'est inquiété pour rien.

Le pétard est chargé à bloc. De la sacrée bonne came ! Ça lui monte direct dans les synapses !

David vise un tronc d'arbre sur lequel il s'assoit pour reprendre ses esprits. Il tourne désormais le dos aux quatre autres. Voyant ça, Antoine en profite pour se diriger vers les fourrés. C'est à cet endroit qu'ils ont planqué la carabine. À l'abri des regards, Antoine se saisit du fusil et vérifie qu'il est bien chargé.

Tout est OK, tout est en place.

Antoine revient sur ses pas pour se poster à environ deux mètres derrière David. Plus question de reculer, faut agir vite. La carabine crache son plomb, le recul est si brutal qu'Antoine heurte son voisin de derrière…

David n'a pas crié, il s'est juste effondré sur le côté gauche du tronc. Soudain, son corps s'agite, on dirait qu'il vit encore. Antoine passe la carabine à Jonathan : *Allez, à toi, faut le finir maintenant…*

L'espace d'un instant, son frère ne sait que faire : tirer, ne pas tirer. Quel merdier ! C'est pas beau à voir, ni à entendre ! David gémit, pousse des râles, son corps est parcouru de spasmes. Jonathan finit par s'approcher du corps agonisant et l'achève d'une balle dans la nuque…

Antoine hèle les frères H : *À vous, maintenant…*

Les deux se regardent. Eux aussi hésitent.

Antoine s'énerve : *Bon ! On va pas y passer la nuit non plus…*

Dylan s'éclipse alors vers les bois et en revient avec un jerrican. Il s'arrête au niveau de David, dévisse le bouchon et asperge le corps d'essence. Cet imbécile s'y prend comme un manche et en fout la moitié à côté. Une fois le jerrican vidé, Christopher craque une allumette et la jette sur le cadavre. Les flammes jaillissent d'un coup, et il s'en faut de peu pour qu'elles ne viennent lui roussir les moustaches. Surpris par la puissance du feu, Christopher recule et s'en va rejoindre ses acolytes.

Dylan, Antoine et Christopher regardent le spectacle du brasier. Seul Jonathan garde la tête baissée. Son frère lui donne un coup de coude dans les côtes : *T'inquiète,* lui dit-il, *comme ça, il risque plus de nous faire chier !*

Faut dire ce qui est, regarder un corps brûler, c'est pas ce qu'il y a de plus méga tripant, c'est même un peu dégueulasse. Antoine n'a pas envie de s'éterniser, il dit aux trois autres : *Bon ! On y va ou on s'encule… ?*

Tandis que le corps de David continue de se consumer, les frères H et les frères Salgado repartent chacun de leur côté.

De retour au domicile familial, Jonathan monte rapidement dans sa chambre. Il ne pensait pas que ça le mettrait aussi en vrac. Il a un de ces mal de bide ! Comme une grosse envie de gerber ! Il est deux heures du matin, mais comment aller se coucher après ça, comment trouver le sommeil… ?

Dans la chambre d'à côté, son frère a l'air de moins se poser de questions. D'ailleurs, sur le chemin du retour, ils n'ont pas échangé un mot. Antoine, sans se départir de son air de gros dur, avait juste l'air de penser : *mission accomplie.*

Puis ça lui traverse l'esprit sans prévenir : les flics vont pas tarder à débarquer.

Comment ont-ils pu croire qu'ils allaient s'en sortir… ? Ils ont dû laisser des traces, c'est certain, tout juste si son scooter en passant par les chemins boueux ne va pas les conduire direct jusqu'ici. Pour les fins limiers de Neufchâtel-la-Forêt, ça va être trop facile. Jonathan regarde ses baskets, celles-ci sont complètement crottées. Il a beau essayer de se rassurer comme il peut, rien n'y fait…

Qu'est-ce qu'il leur a pris ? Vraiment, ils sont trop cons… ?

Il a bien envie d'aller réveiller son frère pour lui en parler, mais quelque chose l'en empêche. Il reste planté là, l'angoisse chevillée au corps. Ce n'est d'ailleurs plus de l'angoisse, c'est carrément de la panique. Faut qu'il se calme. Dans ces cas-là, il sait ce qu'il lui reste à faire : Shit et Whisky.

Le shit, il lui en reste, il a de quoi rouler au moins trois pétards. Pour ce qui est de l'alcool, il croit se souvenir qu'il y a deux bouteilles de planquées dans la chambre d'Antoine. Avec moult précautions, il se rend dans la chambre du frangin. Jonathan se met à quatre pattes, s'allonge, glisse son bras sous le lit d'Antoine et en retire une bouteille de William Lawson. En se relevant, il regarde son frère. C'est marrant comme lui a l'air de dormir du sommeil du juste. En tous les cas, il ronfle comme un sonneur, et c'est même pas la peine d'essayer de le réveiller.

De retour dans sa piaule, Jonathan enquille pétards et bonnes rasades de sky. Le problème, depuis le temps qu'il se défonce avec les potes, c'est qu'il lui en faut vraiment beaucoup pour s'achever. Après avoir éclusé la moitié de la bouteille, il sent que ça commence à venir, il essaye de se lever, mais la pièce se met à tourner dans tous les sens.

Oh putain, oui, que ça tourne… !

Par précaution, il rapproche la corbeille de son lit. Reprend deux grosses goulées, puis s'effondre.

Cette fois-ci, c'est le grand huit, ça tangue de partout ! Il a tout juste le temps de basculer la tête de côté pour vomir dans sa corbeille. Puis c'est le trou…

Vers le petit matin, Jonathan croit entendre ses parents réveiller le frangin. Lui n'y prête pas trop attention, il sait qu'on ne va pas venir l'emmerder. Ses vieux, en ce qui le concerne, ça fait longtemps qu'ils ont lâché l'affaire. Jonathan se rendort.

Un coup de sonnette le fait à moitié émerger. Peut-être qu'il a rêvé. Le deuxième coup de sonnette se fait plus insistant. Il regarde son radio-réveil : seize heures. Maintenant, ça tambourine sec à la porte. C'est sûrement les flics. Mais dans les limbes de sa cuite, c'est comme s'il s'en foutait. Trop mal au crâne pour penser à quoi que ce soit. Trop en vrac pour songer à se carapater.

Lorsqu'il ouvre la porte, deux gendarmes lui font face. Un vieux, un peu ventripotent, aux tempes grisonnantes, qu'il croit reconnaître : bien possible qu'il ait été contrôlé deux ou trois fois par lui. L'autre, plus jeune, ne lui dit rien. Le vieux lui dit :

Vous êtes bien Jonathan Salgado ?

Euh, oui…

Vos parents sont là ?

Non…

Où sont-ils ?

Au travail.

Et votre frère ?

À l'école.

Il n'y a que vous dans la maison ?

Oui.

Très bien, veuillez nous suivre, s'il vous plaît, nous avons quelques questions à vous poser concernant David Beaumont.

D'accord, il s'en doutait ! Mais à l'énoncé du nom de David, le cœur de Jonathan s'emballe. Son mal de crâne empire d'un coup, il sent le sang battre à ses tempes.

Le jeune flic dit : *On lui passe pas les menottes ?*

Jonathan esquisse un mouvement de recul.

Le vieux répond : *Je crois pas que ce soit nécessaire,* puis s'adressant à Jonathan : *C'est nécessaire ?*

Le gosse répond par la négative et suit les deux gendarmes sans résister. À quoi bon résister ?

Le trajet est vite fait, la gendarmerie de Neufchâtel-la-Forêt est à moins de cinq minutes de chez lui. Arrivé là-bas, le jeune flic l'informe qu'il est placé en garde à vue.

Jonathan ne répond rien, ne pose pas de questions. Les gendarmes le conduisent ensuite dans les geôles.

La cellule est propre, mais le béton est à nu. Tout est gris et déprimant. Il y a là une banquette où Jonathan s'allonge. Son mal de crâne ne passe pas, il ferme les yeux, somnole à moitié, l'esprit vide. Putain, qu'est-ce qu'il s'est mis cette nuit… !

Deux heures plus tard, les deux flics reviennent le chercher et l'emmènent dans un bureau. On lui parle, mais il n'écoute qu'à moitié. Il comprend tout de même par bribes qu'un promeneur a découvert le corps à demi-calciné de David. Appelés sur place, les flics ont retrouvé le téléphone portable presque intact de la victime. Ça a ensuite été un jeu d'enfant de remonter jusqu'à ses fréquentations.

Le flic grisonnant lui demande :

C'est bien toi qui as appelé David, hier soir à vingt et une heures ?

…

Je répète ma question : c'est bien toi qui as appelé David, hier soir à vingt et une heures ?

Nan, chais pas…

À cette heure-ci, vingt et une heures précises, c'est pourtant bien ton numéro qui apparaît dans son téléphone.

Nans, chais pas, j'me souviens plus…

Le vieux se tourne vers son collègue :

Je sens qu'il va nous faire chier, c'ui-là !

S'il y a bien un truc que n'aime pas Jonathan, c'est qu'on l'agresse. La remarque du flic a le mérite de le réveiller un peu.

J'veux un avocat…

Le flic regarde à nouveau son collègue, puis se marre franchement :

T'as vu, je t'ai dit qu'il allait nous faire chier…

Puis, s'adressant d'une voix ferme à Jonathan :

Écoute, p'tit gars, ici, c'est nous qui décidons. T'auras un avocat quand on l'aura décidé.

C'est pas légal.

C'est tout ce qu'il y a de plus légal. Tu t'y connais en droit, toi ?

Euh, ouais…

Le flic se marre de plus belle.

Lui aussi, comme les autres, il aime se foutre de sa gueule. S'il croit qu'il va lui avouer quoi que ce soit, il se met le doigt dans l'œil. Et bien profond ! Jonathan se renfrogne et n'en dégoise plus une. Après une autre dizaine de questions sans réponse, le vieux le renvoie dans les geôles.

Le temps en cellule ne passe pas. Y a rien à faire, rien à fumer, rien à picoler, c'est la galère. Jonathan se demande où est Antoine. Les flics ont dû aller le cueillir à la sortie de l'école. Bizarre qu'il soit pas encore là ! Sûr que pour les keufs, avec le frangin, ça va pas être une partie de plaisir. S'ils veulent des aveux en bonne et due forme, ils vont en être pour leurs frais. Antoine, c'est pas une poukave, c'est un dur de dur, un vrai de vrai, ça, il peut en témoigner. Tous les deux, ils aiment faire des trucs de ouf. Mais Antoine a beau être son cadet de deux ans, il lui en remontre à chaque fois. Que ce soit en sport, à la boxe ou avec les filles, Antoine assure comme un dingue. Tandis que lui, pauvre hère, il rame toujours ! Surtout avec les gonzesses ! Le pire, c'est quand les autres se moquent de lui : à dix-sept ans, toujours puceau !

Pourtant, il avait bien tenté le coup une fois, avec Candice, une fille soi-disant facile. Même Christopher, qu'était vraiment pas un tombeur, lui était passé dessus. Seulement, pour Jonathan, ça ne s'était pas passé comme prévu. En réponse à ses avances, elle avait dit : *Tu rigoles, ou quoi… ?* Puis, vu qu'il insistait, elle lui avait asséné le coup de grâce : *Mais tu t'es regardé ? Avec ta gueule de troll, qui voudrait sortir avec toi… ?*

Se faire ainsi éconduire par Candice, la honte !

Avec les meufs, une chose est sûre, ça n'allait pas être facile… Quelle vie de merde ! … En plus, tout était à l'avenant. À l'école, par exemple, c'était pareil ! Ça faisait déjà un an qu'il n'y allait plus… Mais qu'est-ce qu'on avait fait pour lui, là-bas ? Rien… strictement rien… mis à part lui dire qu'il n'était qu'un flemmard de bon à rien… surtout l'autre, là, comment s'appelait-il déjà ?… Monsieur Pain, oui, c'est ça, ce gros con de monsieur Pain… Il appelait Jonathan « le ramier »… tout le temps, constamment, *ça va-t-y le ramier*, qu'il lui disait… Il adorait faire ça devant toute la classe… Quel enculé, c'ui-là ! Quel fils de pute ! C'est à lui qu'on aurait dû réserver une cartouche !… Y en a qui méritent, sérieux… ! Columbine, Lake Worth, ouais, tous ces gosses qui faisaient des carnages dans les lycées américains, il ne les comprenait que trop bien…

Il repense à Candice. Et puis à Léna, surtout, à qui il n'a jamais osé déclarer sa flamme. Si seulement il avait pu la serrer celle-là, son existence aurait été tout autre...

La vie est injuste. Pourquoi son frère et pas lui ? C'est comme si le frangin avait hérité de tous les talents. À lui la forte personnalité, les capacités sportives, les conquêtes... À Jonathan la timidité, la fadeur, la platitude, l'insignifiance... Pour autant, il n'en voulait pas à son frère. Tout simplement parce que c'était son frère, et qu'ils étaient comme les deux doigts de la main. Et puis, peut-être qu'un beau jour, son charisme allait rejaillir sur lui, allez savoir...

Par contre, il en voulait davantage à David.

L'autre s'était pointé chez eux un beau matin, il venait de se faire virer de chez sa mère et ne savait pas où aller. Les parents Salgado aimaient bien David, ils le trouvaient un peu plus sérieux que leur progéniture, alors ils n'ont rien trouvé à redire quand Antoine a proposé à David de rester.

Ça partait d'un bon sentiment, mais quelle connerie de la part du frangin ! Parce qu'à partir de là, tout n'a pas tardé à partir en vrille. D'ailleurs, David, ça n'a jamais vraiment été un pote. Il n'était pas dans le même délire qu'eux. David voulait bien goûter aux frissons des interdits, mais de loin seulement. Dès qu'il fallait se mouiller, y avait plus personne ! Quand Christopher a parlé du cambriolage à Antoine, tout le monde était OK. Sauf David. À y repenser, c'était quand même un peu une baltringue. Une fois revenus du casse, Jonathan et Antoine ont voulu lui montrer la carabine qu'ils avaient piquée, mais lui, il a pris peur. Tout de suite, il a voulu rentrer chez maman...

Ensuite, les relations se sont encore plus refroidies. Surtout entre Antoine et lui. Les deux avaient des vues sur Clara, un top-canon du lycée. Même avec sa classe naturelle, le frangin n'était pas sûr de se la faire, sans doute qu'elle le trouvait un peu trop jeune. Tandis que David, avec sa belle p'tite gueule et son corps de statue grecque, c'est sûr qu'il avait toutes ses chances. Alors ça, plus les doutes concernant sa loyauté, ça commençait à faire beaucoup. À partir de là, Antoine s'est dit qu'il fallait réfléchir à un plan.

Est-ce qu'il méritait de mourir pour autant ?

Bien sûr que non !

L'enchaînement des circonstances jusqu'au meurtre, Jonathan l'avait vécu dans un brouillard cannabinoïde. Depuis deux ans, il enchaînait les splifs comme d'autres enquillent les perles. Et que c'était bon ! Cette douce bruine au teushi ne semblait jamais vouloir se lever. Seul problème, et pas des moindres : il était devenu incapable d'avoir un quelconque discernement sur quoi que ce soit…

Son paternel lui avait dit : *Cette merde te conduira nulle part, tu ferais bien d'arrêter… !*

Mais pourquoi aurait-il eu envie d'arrêter ? Il en avait de bonnes, lui, d'ailleurs, qu'est-ce qu'il avait d'autre à proposer ? De toute façon, avec ses parents, c'était open-bar. Les deux bossaient comme des brutes et n'étaient jamais là…

Il fait déjà nuit quand la porte de sa cellule s'ouvre et l'extirpe de ses pensées.

C'est reparti pour un tour. Nouvel interrogatoire.

Mais s'ils veulent du neuf, ils vont être déçus. Aux questions des gendarmes, Jonathan donne toujours dans le laconique… *Chais pas… On a rien fait… Chais pas, me souviens pas…*

Puis, à un autre moment, alors qu'il répond en mode automatique, ça lui échappe : *Chais pas, on a rien fait… je crois.*

Le jeune flic lui jette deux yeux ronds :

Comment ça, tu crois ?

S'apercevant de sa bévue, Jonathan s'enferme dans le silence et n'ouvrira plus la bouche de l'entretien.

Le vieux keuf s'échine à le cuisiner.

Tu sais que les autres ont avoué…

…

Les frères Hue ont avoué…

…

Ton frère, lui aussi, a avoué.

…

Il n'y a plus que toi…

Au bout d'un quart d'heure de questions sans réponse, le vieux sort de ses gonds.

Tes potes, ton frère, ils ont avoué, j'te dis ! Tous ils ont avoué ! Alors arrête de nier l'évidence ! Si tu crois qu'on a qu'ça à foutre !…

Jonathan regarde la pendule au-dessus du gendarme, il est minuit passé. À bout de patience, le vieux le renvoie en cellule.

La garde à vue, c'est pas du all-inclusive, ça fait plus de vingt-quatre heures qu'il n'a rien dans le ventre, et les flics ne lui ont rien amené à manger. Il se verrait bien faire un scandale, mais bon, pas certain qu'il y ait grand-chose qui passe.

Jonathan s'allonge sur la banquette, et épuisé comme il est, parvient à s'endormir presque aussitôt.

Au beau milieu de la nuit, Jonathan se met à s'agiter dans son sommeil. L'image a surgi sans prévenir. David lui fait face, dans un sale état, mais bel et bien vivant. Avec sa gueule cramée, sa peau déformée, pendante et suppurante, il se dirige vers lui, les bras tendus tel un zombie. Jonathan recule d'un pas, de deux pas, mais son pied heurte une racine et il tombe le cul par terre. David « le zombie » se penche au-dessus de lui, des sons gutturaux sortent de sa bouche tordue et difforme. Épouvanté, confus, en nage, Jonathan se redresse de la banquette. Son cœur bat la chamade, il halète comme s'il avait couru un cent mètres. Quelle vision d'horreur ! Tout ça lui a paru si réel…

Jonathan essaye de chasser ces images de sa tête. S'il y parvient cette fois-ci, elles reviendront hanter ses nuits durant des semaines, des mois, des années…

À son réveil, il se sent pas trop mal, et en tous les cas, bien moins vaseux que la veille. Après s'être étiré, il se lève et s'essaye à quelques pompes. Il en fait une, puis deux, mais ne termine pas la troisième... Vraiment, les pompes, c'est trop dur... Qu'est-ce qui lui prend, d'ailleurs ? Se mettre à faire des pompes, alors qu'il n'en a jamais fait, ou presque, de sa vie. Serait-ce un avant-goût de la prison ? Là où il n'y a rien d'autre à foutre que faire des pompes...

La prison. Pourquoi pense-t-il à ça ? Des potes lui ont dit que les mineurs n'allaient jamais en taule. Mais là, merde, il s'agit d'un meurtre. Serait-il possible... ? Autant ne pas y penser. Tout ça, ça le fout en rogne, ça lui donne trop envie de fumer. Il vendrait père et mère pour une clope et un peu de shit.

Un flic qu'il n'a pas encore vu jusqu'à présent lui dépose son petit-déjeuner. Et ce n'est pas la gueule du menu, composé d'un bout de baguette de molle, d'un (mauvais) café fumant et d'une brique de jus d'orange, qui risque de le mettre en appétit. Jonathan boit le jus d'orange et laisse le reste de côté.

Retour au bureau des interrogatoires. Le vieux flic se ramène avec ses non moins vieilles questions. Ça en devient lassant, exaspérant. Son envie de fumer devient paroxysmique. À un moment, il n'y tient plus et demande au gendarme : *Vous auriez pas de quoi fumer ?*

À sa grande surprise, le vieux ne s'offusque pas, il a même l'air de réfléchir. La nuit lui a porté conseil. La manière forte n'étant guère efficiente, s'est-il dit, on pourrait essayer autre chose. Avec ses petits yeux vifs, il étudie Jonathan. Ouais, c'est évident, il y a un truc à jouer.

OK, mon gars, t'auras ton pétard, même deux si tu veux, si tu passes à table...

Jonathan, sans vraiment le vouloir, hoche la tête.

Le flic sourit en retour. Allez, des aveux, ça vaut bien un petit pétard. Le vieux sort deux minutes du bureau et s'en va chercher ce qu'il faut. Il revient avec des feuilles, une clope et la précieuse résine de cannabis.

Jonathan n'en revient pas. Maintenant, même les flics le fournissent ! Non, mais franchement, où va la France… ?

Avec ses doigts experts, Jonathan se met à rouler son joint. Le gendarme le regarde faire et s'impressionne de sa dextérité. Puis il se lève pour aller ouvrir une fenêtre, pas la peine d'embaumer toute la gendarmerie avec cette merde.

Dès sa deuxième taffe, Jonathan commence à se détendre. L'ambiance devient plus décontractée, un certain courant de sympathie passerait même entre le flic et lui. Ils discutent de choses et d'autres, puis, à un moment, sans que le gendarme ait besoin d'insister, Jonathan en vient aux faits.

À la fin de son récit, le vieux lui demande :

Tu sais combien tu risques ?

Jonathan le regarde d'un air détaché.

Tu sais au moins que tu vas aller en prison ?

Euh… ah bon… j'sais pas, non…

Ben moi, je te dis que tu vas y aller, et pour un long moment encore…

…

Tu sais pour combien de temps… ?

Euh, non…

En tant que mineur, tu risques dix ans maxi, vingt ans si l'excuse de minorité est levée.

À l'issue de son jugement, qui aura lieu deux ans plus tard, Jonathan sera condamné à seize ans de prison.

Pour une analyse complète de cette nouvelle, vous pouvez vous référer aux chapitres 12 et 13 de l'ouvrage « **La boxe réflexive, une voie vers la non-violence** *», collection Sporting Club, chez JDH Éditions.*

En toute impunité

Par Denis Morin

Stef est l'enfant unique d'un couple de bourgeois : papa banquier et maman cantatrice. Il est issu d'un milieu très bon chic bon genre, où les repas pris avec les relations et les proches ressemblaient plus à du réseautage d'affaires qu'au maintien de liens tendres et cordiaux.

Lors d'une de ces soirées mondaines, Stef, 16 ans à l'époque, avait quitté la table, prétextant la nausée, une vieille domestique l'avait invité à gagner sa chambre pour ne pas incommoder les invités. Le garçon ne s'était pas fait prier trop longtemps. C'était la cohue à la salle à manger. Il s'immisça dans la chambre de ses parents. Il huma les culottes de sa mère et il s'en caressa les joues, puis il couvrit ses lèvres de rouge avant de se parfumer à la fleur d'oranger. Il se trouva « mignonne » dans la glace. Un fantasme de féminité couvait déjà avec des couleurs sur le visage et des vêtements légers que le vent déplacerait sur son corps élancé… Quelle ne fut pas sa surprise de découvrir son père appuyé contre la porte refermée derrière lui en toute discrétion. Stef, terrifié, s'excusa, jura que c'était la première et dernière fois. Son père le gifla, puis sortit de sa poche un mouchoir de coton sur lequel il urina, avant de forcer son fils à se démaquiller pour lui donner le dégoût de lui-même et s'imprégner de l'odeur forte du géniteur.

À partir de ce jour, finis les câlins père-fils. Le banquier ferait de son grand rêveur un homme fort. Dans la famille, il y avait des militaires de haut rang et des ambassadeurs. La relève composée du fils et des neveux devait porter dignement ce patronyme tel un étendard. Il n'y avait aucune place pour l'échec et la mésestime.

Dès le lendemain, jusqu'à l'âge de 21 ans, Stef suivit son père silencieusement tous les matins à une salle de sport annexée à la maison, sauf le dimanche passé en répétition avec sa mère qui chantait Delibes, Mozart et Verdi.

Sur semaine, des adjoints du père venaient souvent soulever des poids dès l'aube. On causait dossiers et profits. Il était interdit, sauf en de rares occasions, de se mêler à la conversation, ce qui donnait à Stef tout le temps voulu d'observer le volume des fesses roses sous un short, un gland frémissant contre une cuisse, un torse couvert d'une toison noire reluisant par la sueur, une carotide gonflée par l'effort. Ensuite, les hommes parlaient des conquêtes féminines à culbuter. Stef rougissait, troublé par les confidences entendues et l'éveil de sa propre sensualité camouflée sous une serviette-éponge. Le père percevait le trouble érotique chez son fils. Il tournerait cela en sa faveur.

Pour clore ces sessions de musculation, son père accordait à ses subalternes un bénéfice, soit celui d'être massé et masturbé par fiston. Stef était humilié à cause de la volonté sadique du père et excité de pétrir des corps d'hommes dans la force de l'âge. Les muscles chauds et endoloris, l'odeur de la sueur et des huiles sur la peau, tout ce cérémonial au masculin l'excitait au plus haut point.

Ajoutons à cela que lors des fréquentes victoires du père, le patron invitait les membres de sa garde rapprochée, soit les juniors talentueux et deux responsables de sécurité, à sabler le champagne à la salle d'entraînement. Devenu un superbe Apollon, Stef se déshabillait, après en avoir reçu l'ordre. Il recevait une fessée monumentale du maître des lieux, puis il était contraint à s'étendre ensuite sur le dos pour recevoir les sexes des invités cul et bouche. Stef ne désobéissait jamais. Les bulles et le sperme coulaient à flots. Le père disait que son fils recevait « la semence de la réussite ». Tout le monde repartait l'esprit léger et les testicules à sec. Entre ces fêtes célébrant le succès, les deux sbires de la sécurité venaient vers minuit donner des leçons de soumission à Stef. Le fouet claquait. Cela faisait partie de leurs gages. Pour Stef, ces séances punitives et festives s'inscrivaient dans son horaire.

Certaines nuits, Stef entendait sa mère murmurer « chéri, non, pas les cordes », ce qui ne faisait que redoubler l'ardeur du mari qui s'empressait de nouer les liens avant de la posséder, sans se soucier de son épouse. Une fois l'acte terminé, le père ouvrait la porte de son fils et allait se faire nettoyer le sexe encore dur par la langue de son fils. Pas le moyen de s'objecter. Il buvait jusqu'à la dernière goutte. La mère feignait d'ignorer les sévices sexuels imposés à Stef, ce qui lui donnait un répit. Une apparente quiétude était à ce prix. « L'art se nourrit de tous ces tourments… », se plaisait-elle à dire à ses collègues artistes, chanteurs, maquilleurs et costumiers, en insinuant la perversion du mari, sans jamais tout dévoiler.

À sa majorité, soit après la fin de son cursus académique, le banquier le convoqua dans son bureau : « Mon fils, tu es devenu un homme audacieux, beau et fort. Fais ta vie comme tu l'entends, mais songe toujours à l'honneur de notre nom. » Stef était sur le point de quitter le bureau quand son père lui lança au vol un rouge à lèvres et un flacon de parfum. Le fils attrapa au vol ces cadeaux. « Mon garçon, c'est pour le théâtre intime de ta vie », commenta le père, tout en arborant un sourire carnassier.

À la même époque naissait une enfant, Désirée, qui croisera vingt-cinq ans plus tard la route de Stef.

***

Prenons un horaire type de notre homme. Le jour, Stef gueule sur son personnel, se montre ignoble, productivité et cotes de la Bourse obligent. Il lui arrive à l'occasion d'inviter une stagiaire en fin de séjour dans sa société à lui pratiquer une fellation à 18 h, quand l'étage a gagné le silence. Le lendemain, elle recevra une lettre de référence dithyrambique et une enveloppe contenant le pourboire ridicule qui eut été destiné à un livreur de sushis. La stagiaire sera flattée par les mots et méprisée par l'argent. Il prend et il jette, rejette. Il décide et met en scène, depuis qu'on le nourrit avec une cuillère d'argent dès le berceau. Il n'a retenu que les privilèges liés à la classe sociale et à l'éducation, mais jamais d'obligations, de gratitude. La solidarité, il ne connaît pas. Revenons à l'infortunée stagiaire qui tombera dans un vague point du varia à l'ordre du jour, s'il reste une minute ou deux en fin de réunion.

D'ailleurs, ce patron tient la liste des stagiaires dans un tiroir avec un code chiffré d'évaluation sur la qualité du travail et sur leur sex-appeal. Des dates sont inscrites. Chacune aura droit à son tour. S'il apprend qu'il y a une pucelle parmi elles, il la déflore. Elle aura bénéficié de son savoir-faire, faute de son savoir-être. Sa lettre de référence sera d'autant meilleure. Prix du silence, si elle veut amorcer une belle carrière.

Parmi elles, il fut séduit par une en particulier : Désirée, une blonde aux yeux noirs de descendance bretonne par le père et de descendance russe par la mère. De l'enfance, elle a conservé un léger accent de l'Est lorsqu'elle prononce certains mots. C'est sans doute par mimétisme de la petite qui écoute, admirative, sa mère buter sur des sons.

Stef voit cette stagiaire dans sa soupe. Il l'invite au restaurant, pose avec elle la tête sur l'oreiller. La réussite de l'homme envoûte la jeune femme. Après des ébats torrides, il aperçoit une photo qui émane du planning de la jeune femme. Il salive et s'informe.

— Mon fiancé, Dimitri, souligne-t-elle.

Puis, il lance l'idée d'une triade, ce à quoi elle s'objecte.

— Je ne partage pas mon homme. Point barre.

Stef ravale sa proposition indécente. Par contre, il n'accepte jamais un refus. Il passera en coulisse s'il ne peut prendre tout de suite le devant de la scène. Ainsi, le lendemain matin, il furète dans le carnet de contacts du portable de Désirée et inscrit furtivement le numéro de Dimitri sur un bout de papier.

En cours de journée, il contacte le fiancé, prétextant s'entretenir avec lui de sa belle. Le jeune homme accepte l'invitation. Le lendemain soir, les deux hommes se rencontrent dans un bar, discutent, se plaisent, rigolent. Stef remarque une légère nervosité chez Dimitri qui avale ses verres de vodka les uns après les autres. Ce dernier finira par baisser la garde comme il baissera son pantalon aux WC pour le plaisir de Stef.

— Ça reste entre nous, murmure Stef, qui dépose Dimitri, éméché, devant son immeuble.

À deux reprises, Désirée lit sur le portable du fiancé : « Je t'attends au bistrot à 21 h. Aucun retard permis. S__f » Elle se rappelle la même signature sur les mémos du bureau. Une fois, au retour des courses, son iris décode une missive : « Mes excuses, mon amour. Je vivrai dorénavant chez un ami. Je tente d'y voir plus clair. Projets suspendus. Je te recontacterai bientôt. » Désirée comprend vite que Dimitri l'a remplacée au restaurant et pour la pause sur l'oreiller. Durant les cinq mois restants du stage à La Défense, Stef fait montre d'une froideur et ne la croise qu'aux réunions. Il lui tourne son dos sculpté en V comme victoire le plus possible. Elle se mord souvent l'intérieur des joues pour se contenir.

En toute fin de stage, elle reçoit d'excellentes références. Elle n'aurait pu demander mieux. Mais sur note amère sur un post-note, en forme de cœur, il y est écrit : « Je vous retournerai le fiancé la semaine prochaine. Soyez heureux. S__f » Au même moment, Dimitri, bouleversé autant par la rupture que par d'éventuelles retrouvailles, glisse une clé sous le paillasson. Il sort de la rue de Grenelle. Il entre en pleurs à la station La Tour-Maubourg. Il balance sa valise dans le vide, perd l'équilibre et se fait happer par le métro. Tragique ballet.

Seuls seront présents aux funérailles de Dimitri, présidées par un pope orthodoxe, ses parents affligés, Désirée sous une mantille noire et complètement à l'arrière de la chapelle, Stef le regard éteint derrière ses verres fumés.

À la fin de la cérémonie, elle passe à côté de lui.

— Vous osez venir ici ?

— J'ai réglé tous les frais de la cérémonie et de l'inhumation.

— Vous avez réglé l'ardoise comme s'il s'agissait d'une marchandise.

— Je regrette mon attitude. Vraiment !

— Et moi, je ne vous pardonnerai jamais… Jamais, crie-t-elle.

Elle quitte les lieux entourée des parents de Dimitri. Le pope invite Stef à venir se recueillir près du cercueil.

— Mon beau Dimitri, désolé. Je largue, jamais le contraire. Ça fait trop mal d'être abandonné. Pardon, murmure-t-il.

Stef embrasse le cercueil, se signe et sort dans la cité continuer sa vie trépidante.

De temps à autre, il demandera à un employé, le sosie justement du défunt, d'aller fleurir la tombe. Le patron sait se montrer empathique, mais grâce à ses émissaires. En outre, cet employé finira tôt ou tard dans son lit. Il en a envie. Il valsera entre ses fesses en l'appelant Dimitri. L'employé acceptera tacitement de jouer l'ombre d'un amant disparu. Le temps de Stef est fait pour son profit et son plaisir. Les contraintes et les tâches moches sont confiées aux autres. Il paie, qu'ils se taisent.

***

Les années filent et nous revoilà une quinzaine d'années plus tard. Stef habite maintenant un nouvel immeuble tout en verre à Neuilly-sur-Seine. Arrivé chez lui, Stef se commande des sushis. Aucune envie de cuisiner. On sonne à la porte. Il ne salue pas le livreur. Il arrache prestement le repas. Il omet volontairement le pourboire et il claque la porte, sans avoir remarqué Désirée qui sort de l'ascenseur au même moment.

Elle a acheté l'appartement voisin du sien. Elle appuie un verre vide parfois contre le mur pour écouter les activités du bellâtre. Elle passe inaperçue. Elle est toutes ces femmes de 35-40 ans croisées dans les tours à bureaux, dans le métro ou dans leurs voitures de collection. Elle est jolie et coquette, mais personne ne le lui a dit depuis longtemps, ce qui la rend amère. Elle se lacère à l'occasion les avant-bras pour extirper un mal de vivre. Elle se fait les griffes sur elle-même. Elle ne sait pas si elle s'aime ou si elle se déteste. Cela lui importe peu. Elle veut calmer cette autodestruction, mais n'y arrive pas. Tout s'entremêle dans sa tête et tout la ramène inévitablement à Stef. Raison de vivre et de haïr.

Désirée analyse scrupuleusement ses itinéraires… Une rencontre est indéniable. Elle le sent, elle le sait. Tout est question de temps. Elle possède la patience d'une araignée guettant une mouche repue sur le point de se prendre une patte dans la soie de sa toile…

Elle a remarqué que Stef va à la gym comme d'autres vont au temple ou au musée. Il voue un culte narcissique à son corps d'une morphologie parfaite. L'effort et la vénération ont porté fruit. Il n'enfile que des vêtements griffés qui mettent en valeur le gris acier de ses yeux, la chevelure argentée, la barbe taillée, la carrure de ses épaules et le volume impressionnant de ses pectoraux. Très bien pour un homme mature. Bref, encore une bête carburant à la testostérone !

Il apprécie le regard des femmes et des hommes posé sur lui. Il reste là impassible en apparence à soulever les poids ou à courir sur le tapis roulant. Une fois la séance terminée, il se pavane longuement dans la salle et au vestiaire. Des abonnées s'épongent le haut de leurs seins soufflés nouvellement opérés. Il admire à distance la scène et ça l'excite. Son sexe enfle sous son vêtement de sport. Elles le constatent. Elles chuchotent et ricanent entre elles comme des adolescentes étonnées de leurs premiers émois. Il ne rougit pas. Il est en contrôle. On admire sa beauté virile.

Il tarde souvent après l'entraînement au vestiaire. Il y trouve son profit. Si un jeune homme le reluque aussi trop longtemps. Il le suit aux douches, lui fait tomber le savon, s'enduit prestement le sexe de gel, lui effectue une clé de bras, puis le prend sans consentement. Il domine. Il gifle le soumis. Aucune plainte n'est tolérée. Un homme, ça ne pleure pas non plus. Il s'imagine caressant les poitrines, ces douces vallées de silicone vues plus tôt. Il va et vient longuement. Il prend son pied. Rien ne presse. Il jouit bruyamment dans les entrailles de l'autre, puis il pisse sur le torse du jeune homme pour marquer son territoire. Il lui appartient, dorénavant. Maintenant, il se nettoie des souillures. La merde, le sang et le sperme sont avalés par le drain de la douche.

Si, par mégarde, un observateur désapprouve sa conduite, il s'avance vers lui, le force à s'agenouiller et lui baise la gueule. Il obtiendra alors un deuxième orgasme. Stef aime punir les vicieux de ce genre. Il saisit le mec à la gorge et menace de le défigurer s'il porte plainte à la direction de la gym ou au commissariat. Tous deux tétanisés, le jeune athlète et le voyeur ont compris. « Motus et bouche cousue, Messieurs… », ordonne-t-il. Tout le monde se sèche et s'habille en silence avant de quitter les lieux. Stef a vaincu et les hommes ont perdu leur dignité. Il abusera d'eux à répétition, comme une routine d'entraînement, lors de séances futures. Ses deux victimes seront ponctuelles, comme lui. Cela fait partie de l'asservissement.

D'ailleurs, Stef a toujours apprécié les ressources humaines, son domaine d'études et son terrain de chasse. Les cours de management et de psychologie lui auront permis d'éliminer d'emblée les forts et les concurrents pour garder sous sa mainmise les malléables, les conciliants et les faibles qui le serviront jusqu'à l'oubli d'eux-mêmes. Il applique les mêmes critères au boulot que dans ses loisirs. Son père serait fier de lui.

En soirée, Stef consomme quelques drinks sans glace, ou plutôt, la glace, il s'en sert pour durcir son gland et ses mamelons, pendant qu'il consomme du porno sur l'écran géant de son salon. La cadence des corps et le tricot des membres le stimulent. Il fume du haschich aussi, se détend, puis se tend. Il consomme et se consume à petit feu. Il gicle sur ses abdominaux qui retiennent son foutre nacré et laiteux comme une digue et s'endort aussitôt le temps d'une sieste. Rituel du soir.

De nuit, il sort une paire de jumelles dont il ajuste le zoom pour voir les occupants de l'immeuble d'en face faire leurs ablutions ou se balader nonchalamment dans une pièce éclairée. Dans la pénombre, il se caresse par-dessus son peignoir avant d'avaler un dernier scotch et un comprimé de gardénal. Dans son lit, la tête contre le mur mal insonorisé, il entend parfois Désirée qui se masturbe. Stef éclate d'un rire tonitruant, ce qui enrage sa voisine qui se lacère encore plus la peau ou qui s'éteint des cigarettes à l'entrecuisse pour se punir d'avoir été humiliée par lui. Sa rage grandit.

Par soir de pleine lune, il se sent complètement fébrile. Disjoncté. Il met une perruque rose, un soutien-gorge bleu Klein et un jockstrap orange fluo. Être hybride et vicieux. Il ouvre les rideaux et il allume les lumières. Il se dandine. Stef exécute un langoureux striptease pour des voisins lubriques. Aucune plainte reçue. Puis il balance la chevelure synthétique sur le canapé avant d'exécuter une session athlétique de pole dancing. Il se frôle contre le métal qui lui envoie une image déformée de lui-même. Il ondule du bassin. Il exhibe très fièrement ses pectoraux, son ventre et son cul bombé. Il s'écarte les fesses grâce à un grand écart. Les mouvements sont lents, forts, mais élégants. Il maîtrise son corps agile. Il cesse ce jeu de séduction à distance quand il constate que les mecs de l'immeuble en face ont cessé de jouer du poignet. Puis il exécute une révérence avant de tirer les rideaux.

Le matin, Stef et Désirée quittent souvent à la même heure pour le bureau. Leurs portes se referment et tous deux verrouillent ensemble la serrure. Chorégraphie synchronisée. Elle lui sourit. Il incline la tête pour mieux voir sa clé. Désirée interprète cela comme un vague signe de fausse courtoisie. Soudain, il la bouscule pour entrer en premier dans l'ascenseur. Le scénario se répète au rez-de-chaussée avec les autres occupants de l'ascenseur. Désirée plonge alors les ongles de sa main gauche dans son bras droit, tout en disant que le vent tournerait tôt ou tard en sa faveur.

Or, un certain jeudi soir, Désirée, comptable dans la tour jumelle de celle de Stef, le voit sortir du building. Elle le suit dans le dédale de rues menant à une artère principale. Il entre dans une boutique érotique, saisit une culotte rouge sur un présentoir.

— Non, prenez la culotte noire, qui s'agence mieux avec vos tempes grises et vos yeux, ose-t-elle suggérer.

Stef feint de n'avoir rien entendu. Il prend des bas et des jarretelles noires, le tout assorti à la culotte.

— Sans doute un présent pour votre femme, insiste Désirée.

— Qui sait ? Bonne soirée, soupire Stef.

Il paie, mais juste avant de sortir, elle lui pince une fesse. Il ferme les yeux et émet un léger gémissement. Il veut s'offrir, pense-t-elle.

— Merci, ajoute-t-il, pour clore ce rendez-vous inattendu.

Ce soir-là, Stef revêt la culotte, les bas et les jarretelles. Il passe sa soirée à se contempler dans la glace. Il chausse des escarpins, les retire, les remet, les balance au fond d'un placard. Il se trouve nettement trop baraqué pour gagner un concours de drag queens dans une boîte branchée du Marais.

De son côté, Désirée téléphone à son amie Natacha, propriétaire d'un club BDSM, à qui elle raconte la rencontre de la boutique érotique. La tenancière de l'établissement libertin lui suggère de glisser sa carte au seuil de la porte.

— Tu sais, ma chérie, les hommes qui exercent des fonctions liées au pouvoir et à l'autorité ont besoin d'évacuer et de libérer des tensions. À suivre.

Désirée laisse une carte et cogne à la porte de Stef, puis s'éclipse. Il ouvre, voit, sourit. L'idée d'aller se divertir lui plaît. Il n'a rien à perdre. Au contraire, tout est à gagner dans le désir. Pourquoi remettre à demain l'assouvissement d'une pulsion ? Il endosse un long manteau noir et des verres. Un chapeau de femme incliné camoufle son visage. Il monte dans sa voiture.

Puis, au donjon érotique, il paie son entrée et le vestiaire, descend au sous-sol. Sur place, il se fait caresser la croupe et ses pectoraux par un homme en rut sur qui il pratique goulument une fellation. Il avale le foutre. Puis, à peine dix minutes plus tard, une dominatrice, cheveux blonds, yeux noirs, portant un loup, l'attache sur un lit, mains et pieds. Ce visage lui semble familier, comme une réminiscence du passé. Mais qui ? Et à quelle période de sa vie peut-il rattacher cette personne ? Les gens passent dans son existence comme des dossiers versés aux archives. Elle gifle Stef le travesti, s'assoit sur son visage. Le soumis déguste la chatte de la dominatrice avant qu'elle s'empale sur le sexe bien membré dressé. Elle le chevauche, tout en le frappant au visage. Elle enfonce ses ongles à la base de son cou. Le lendemain matin, il prendra soin de porter un pull à col haut. De toute façon, il permet au personnel le port d'une tenue décontractée le vendredi. Le bourgeois justifiera en réunion l'ecchymose cernant ses yeux par une chute inattendue sur des poids à la gym. Les membres de son équipe croiront plutôt que le patron a reçu une raclée d'un mari cocufié ou d'une Amazone en furie. Leur perception est tout de même proche de la réalité.

Stef deviendra un client habituel des lieux. Il se donnera à quelques reprises à cette dominatrice pour la volonté de celle-ci. Ironiquement, il prendra plaisir à obéir, lui qui décide et élimine ceux qui ne répondent pas illico à ses attentes et à ses caprices. Le prestige et le pouvoir méritent des marques d'attention. Il se l'est toujours dit. Il le pense vraiment.

Mais son lâcher-prise tel que prôné par son coach de vie se traduit tout simplement à porter aussi sa perruque rose, à se maquiller outrageusement, à porter un slip déchiré. Il se laisse alors tripoter, claquer les fesses avant de contenter un groupe d'hommes avec ses orifices. En bout de session, il s'enduira le torse avec le sperme des mecs avant de rentrer chez lui avec leurs effluves. Il sera puni et souillé tel le fils indigne qui léchait par perversion le sexe de son père autoritaire. Tout le ramène au passé…

***

Un mois plus tard, Désirée s'endort et rêve avec le sourire aux lèvres d'une Mona Lisa vengeresse… Étrange film érotique… Elle se voit vêtue d'un pantalon en cuir et d'un blouson noir sortir de chez elle. Elle croise Stef qui s'apprête à emprunter lui aussi l'ascenseur.

— Vous sortez tard. Il est deux heures du matin… commente-t-il.

— Je vais voir une amie en ville. Rien de bien excitant, ajoute-t-elle.

— Bonne soirée, Madame.

Elle remarque qu'il tient un sac de sport. Sans aucun doute, une tenue dont il a besoin pour la nuit, du moins ce qu'il en reste. Elle suit son intuition. Elle transporte aussi des accessoires dans un sac Clovis Futton. Elle repense à son amie Natacha. Désirée se dit qu'ils vont dans la même direction. Sur le trottoir, elle sort une cigarette. Il sort un briquet. Elle allume sa cigarette, puis il s'éloigne en silence. Elle attend un instant, puis elle se met à le suivre.

À certains moments, il accélère le pas. « Si un employé me suivait par hasard », songe-t-il. Il trouve l'idée ridicule, en se disant qu'ils n'ont ni le salaire ni la classe pour habiter dans son quartier huppé et branché. Il ralentit la cadence et respire profondément. Le trac l'envahit. Si on savait qu'il fréquentait un tel lieu, sa carrière serait foutue. Sa réputation serait entachée à jamais. Puis, pour se calmer, il s'imagine qu'il est un comédien qui endosse un habit pour mieux incarner un personnage. Le rôle doit être crédible.

Il entre dans le club BDSM. Les derniers clients en sortent. Stef va se déshabiller comme s'il était dans la loge de sa mère cantatrice. Il enfile culotte, bas et jarretelles. Il chausse des escarpins. Pour le haut, il endosse un harnais de cuir noir qui met son torse en valeur. Bref, il ressemble à un être androgyne. « Quelle atmosphère », murmure-t-il. Les éclairages mauve et bleu lui font les plus belles ombres à paupières qui soient. Tout est parfait pour l'entrée en scène. Il descend à la salle du donjon. Il prend la pose, assis sur un trône, jambes écartées, muscles et sexe bien en relief.

Désirée entre et va causer un instant avec Natacha qui s'assure de bien verrouiller les issues. Puis, cinq minutes plus tard, une dominatrice portant postiche noire à la taille de guêpe descend à la salle du donjon. Elle repère Stef qui salive par anticipation. Elle lui installe un collier au cou, l'attire vers un chevalet, le bascule et lui donne la fessée intensément. Stef bande. Elle lui écrase les couilles. Il émet un grognement. Elle le saisit par le collier. Il se laisse faire, car c'est un jeu, après tout. Elle l'insulte, le traite de sale pervers. Il sourit. Elle le définit bien. À quoi bon s'objecter ? Elle l'attache à une croix. Elle secoue un sac. Un cliquetis d'outils, vraisemblablement… Nerveux et inquiet, il urine sur lui-même comme un chien effrayé. Elle sort un instrument et lui inflige des chocs électriques sur ses cuisses mouillées. Justement, les fluides conduisent bien le courant. Il crie de douleur. Elle lui pose un bâillon d'un rouge semblable à un nez de clown. Elle s'éclate de le voir si vulnérable et si ridicule. Elle crache sur lui et poursuit l'électrocution à des degrés variables. Crescendo. Ses muscles se raidissent sous le choc du courant. Elle arrête et resserre les sangles. Il manque d'air, mais les sensations à venir seront plus fortes. Au grand étonnement de la dominatrice, Stef accepte, se résigne presque, malgré les sévices infligés. Il les a mérités, semble-t-il croire maintenant.

— Pour tous les gens méprisés, abusés, violés, passés sur votre route…

Stef oscille la tête de haut en bas, en un sursaut volontaire.

— Vous avez brûlé des vies par votre conduite de goujat…

La dominatrice sort de son sac un fouet dont elle se sert pour lui asséner des coups sur le ventre, les pectoraux et les cuisses. La peau ivoire tourne au rouge. Du sang affleure en surface. Il encaisse les coups, tout en grognant, humilié. Elle lui balance du sel sur les plaies. Ça brûle et elle exulte autant qu'il souffre.

Elle lui déchire sa culotte en dentelle noire ajourée et ajustée sur ce corps de mâle. Il est devenu salope offerte, sort un godemichet dur de 25 cm sur lequel elle verse un filet d'huile pour lui enfoncer dans l'anus contracté. Il n'a pas eu le temps de dilater. Son hurlement est étouffé par le bâillon.

Elle prend le temps de griller une cigarette qu'elle éteint dans le nombril du soumis. Puis la lame d'un opinel absorbe l'éclairage ambiant. La maîtresse tourne le couteau de manière à aveugler momentanément Stef.

— Je prends tout de suite un scalp symbolique. On fera moins le coq à la gym devant les nanas. Elles détourneront le regard.

L'opinel découpe le pourtour des mamelons, puis elle les extirpe des pectoraux. Elle les place sur un coton stérile. Relique de cette session inoubliable. Elle approche une chandelle dont la flamme cautérise aussitôt les plaies vives. Une odeur de chair brûlée empeste le lieu. Le flot sanguin se calme. Elle sort une pince à cils et se met à lui arracher un poil après l'autre sur le torse, les cuisses, le pubis, les sourcils, la moustache, la barbe. Elle le rend vraiment femelle. Il respire profondément la durée de cet étrange et lent supplice.

Ensuite, elle lui retire le godemichet, ce qui a pour effet de provoquer un soupir, suivi d'une érection chez Stef. Elle reprend l'opinel. Elle ouvre les veines bleues et sinueuses en surface de la longue verge. Stef s'évanouit un instant, puis ouvre les yeux chargés d'effroi. Il a remarqué que la dominatrice avait fait sortir un boyau d'arrosage. Un coffre ouvert venait d'être apporté. Elle lui brûle les mains, puis elle lui crève les testicules avec des aiguilles à laine en métal.

— Le porc va se vider de son sang. Un salaud de moins sur Terre. Bon débarras.

Au bout de quelques minutes, Stef le conquérant, l'orgueilleux, le dominateur, l'abuseur, rend un dernier râle, le regard incrédule du comédien qui vient de jouer le dernier rôle, alors qu'il se voyait en audition.

La dominatrice laisse le cadavre attaché pour en faciliter la découpe… Elle lui tranche la tête, puis les bras, les jambes et les cuisses. Elle laisse tomber le tronc dans le coffre. Elle arrose la scène à grande eau. Le sang et l'eau souillée sont dirigés vers un drain.

Natacha et Désirée chargent le coffre en voiture. Elles roulent une heure et pénètrent une forêt obscure. Elles vident le coffre sous un massif de conifères juste avant l'aube. Natacha prend soin de fracasser la tête avec une masse, sans omettre la mâchoire sur laquelle elle s'acharne encore plus. Elle brise aussi le bassin et la cage thoracique. Puis la propriétaire du donjon érotique hurle à la lune. Une meute lui répond. Natacha ajoute :

— Mes amis feront la kermesse. Ce mec avait une forte densité musculaire. Il y aura de quoi contenter cette meute de douze loups deux nuits. Pour les restes, les sangliers, les renards et les corbeaux ramasseront les lambeaux de chair. En trois jours et trois nuits, il ne restera plus que des fragments, de la poussière. Le coffre, on le fracassera à la hache, puis on le brûlera au bout d'un champ, au sortir de la forêt.

Désirée se réveille essoufflée et couverte de sueur. Elle va se verser un verre de vodka avant de retourner se coucher.

***

Désirée refait le rêve du donjon en boucle. Ce fantasme de destruction la hante de jour comme de nuit.

Au retour du travail, Stef ramasse au seuil de sa porte une enveloppe. Il trouve cela bien étrange. L'assemblée des copropriétaires de l'immeuble a eu lieu le mois dernier. Ses comptes sont à jour. Il entre, se verse un verre de rouge et lit la lettre…

Bien cher Monsieur,

Nous nous connaissons depuis des lustres. Jadis, je fus l'une de vos proies. Sachez un jour que j'aurai votre peau à un moment inattendu. Nul besoin de faire analyser cette lettre qui fut rédigée par un intermédiaire portant des gants. Le document fut remis aussi à une amie masquée et gantée qui le confia à l'agent de sécurité à l'accueil. Elle est partie à l'étranger, même si elle avait été captée par une caméra de surveillance.

Votre soif maladive de domination sera votre talon d'Achille. Je suis de bonne foi. Je vous aurai prévenu. À la guerre, comme à la guerre…

N'oubliez pas de bien vous assurer de sécuriser votre porte, votre voiture. Rangez vos dossiers avant de quitter le bureau le soir. Commencez à bien traiter votre entourage, sinon… gare à vous.

Avec tout mon respect,

Votre admirateur inconnu

Stef chiffonne la lettre, enfile sa culotte, ses bas et les jarretelles. Il téléphone à un collègue…

— Hugues, idiot, imbécile, je veux ce dossier pour demain matin 9 h. Passe la nuit blanche s'il le faut, je m'en fiche. Magne-toi le popotin, sinon tu seras viré, crie-t-il.

Dans l'appartement d'à côté, Désirée se lacère les avant-bras qu'elle stérilisera plus tard au peroxyde, pendant que Stef, déjà saoul, se déhanche en écoutant *Désenchantée* de Mylène Farmer.

***

Coup de théâtre. Au téléjournal de 20 h du lendemain, le présentateur annonce en ouverture d'émission que Stef K et la société dont il est l'un des hauts dirigeants ont favorisé une junte militaire contre l'obtention de ressources premières. L'affaire devrait se retrouver bientôt en cour et le principal intéressé risque même la prison.

Stef ouvre la porte de son appartement, visiblement choqué par la nouvelle, et Désirée fait de même à l'instant. En un éclair, il reconnaît les yeux noirs de son ancienne stagiaire…

— Ma foi, c'est Désirée.

Il l'invite à prendre un verre chez lui. Elle accepte, mais finalement, ne touchera pas à son verre.

— Je veux mourir. J'ai déshonoré ma famille. Je veux partir loin d'ici.

Les journalistes font le pied de grue devant leur immeuble. Demain, le siège social de la société sera pris en état de siège par les médias. Stef ne peut pas se résoudre à la honte.

— Stef, j'ai une idée pour votre départ, mais ce sera fatal.

— Au point où j'en suis. Je veux mourir.

Elle passe un coup de fil à Natacha qui peut les recevoir maintenant au donjon. Stef endosse son long manteau noir, sa perruque rose, son chapeau à large rebord, ses verres fumés. Il gagne le siège passager dans le véhicule de Désirée. Les journalistes, à l'extérieur, voient à son bord une jolie blonde téméraire et un être énigmatique semblable à une star de cinéma déchue.

Natacha les accueille et ferme les accès. Stef et Désirée passent au donjon. L'ancien tombeur fait l'amour lentement à Désirée deux fois plutôt qu'une. Puis elle l'attache et se met à le malmener pour une nuit de torture comme dans son rêve. Stef consent à se voir anéantir. Il périra en souffrant, lui qui a tant fait souffrir les autres. Au moment où il s'y attend le moins, elle empoigne une lame et tranche le sexe et le scrotum de l'homme. Médusé, pétrifié, il est saigné. Une fois inanimé, on procède à la découpe. Le corps fragmenté repose dans un coffre chargé à l'arrière du véhicule de Natacha. Les deux femmes se rendent dans la forêt convenue. L'appel aux loups est lancé. Les fauves s'exécutent à quelques mètres des femmes qui repartent aussi. Juste avant de gagner Paris en passant par Bobigny, Natacha remarque un chantier où l'on coule du béton. Elle se gare, va faire causette avec le contremaître et quelques ouvriers, pendant que Désirée balance la tête fracassée et les mains brûlées de Stef dans son sac Clovis Futton. Désirée, qui aurait pu s'appeler Cassandre aux sinistres oracles, voit rapidement le sac être englouti dans le magma de béton.

Justement, Désirée, pour célébrer ce départ jouissif, ira acheter pour Natacha et elle de nouveaux sacs avenue Kléber, tout près de l'Arc de Triomphe.

Ainsi, Stef le magnifique sera passé des feux de la gloire aux ténèbres de l'anonymat. Natacha allume la radio qui, par hasard, diffuse *Désenchantée* de Mylène Farmer. Désirée éclate d'un rire dément. Elle a enfin gagné. Échec et mat.

Bibliographie de Denis Morin chez JDH Éditions :

Nos violences conjuguées – « À l'ombre des eucalyptus », *Les Collectifs de JDH Éditions*

Homo-gènes – « Anaïs et Constance », *Les Collectifs de JDH Éditions*

Rose Meredith – *roman dans la collection Nouvelles Pages chez JDH Éditions*

Et cétéra – *roman dans la collection Nouvelles Pages chez JDH Éditions*

Les volets rouges

Par Alain Maufinet

Il y a bien longtemps, j'étais en vacances chez mes grands-parents. Leur maison était située en bordure de ville. Au fond du jardin, une porte en fer donnait l'accès à un chemin étroit, bordant une petite rivière aux accents chantants. C'était le passage vers la campagne, les aventures champêtres.

La fin des grandes vacances approchait. Les premières bougies de mes douze ans étaient sur le point d'éclairer mon adolescence. Je devais bientôt rentrer au lycée.

Ce jour-là, le ciel affichait, après avoir chassé les voiles monotones des nuages gris, des nuances où dominait un rouge violent. Cette teinte vive nous agressait brutalement, sombre présage. Je cheminais avec mon grand-père au milieu des vignes où le rouge et l'or des feuilles éclaircissaient la terre brune. Je m'étais écarté du chemin, aspiré par une force invisible.

C'est à la lisière d'un bosquet bordant un pâturage que j'ai aperçu les volets rouges d'une ferme endormie. Aucune vie ne l'animait, pas un seul aboiement ne brisait le silence. Le portail d'entrée s'inclinait vers une cour encombrée de débris de meubles. Intrigué, j'avais pointé mon doigt d'adolescent vers les murs gris que les lierres emprisonnaient. J'avais cru distinguer une ombre derrière une charrette brisée. Un craquement sinistre et le vol puissant d'un rapace avaient augmenté mon trouble. J'interrogeai mon grand-père qui m'avait suivi. Tout indiquait que les lieux avaient été quittés à la hâte. Mon aïeul évoqua, en soulevant les épaules, une ferme abandonnée depuis de longues années. Toutefois, j'avais perçu son embarras et une longue hésitation avant de me répondre. En m'éloignant, je vis une porte d'étable pivoter. Les grincements de ses gonds ressemblaient à un appel. L'on pouvait penser que le vent l'animait.

Mon grand-père m'entraînait souvent loin de l'agitation urbaine. Amoureux de la nature, il souhaitait me transmettre ses connaissances de la terre. Il me proposait de déchiffrer les secrets dormant au grand air. Pourtant, ce jour-là, je n'arrivais pas à me laisser gagner par l'ivresse des grands espaces. Lorsqu'il m'indiquait d'un geste ample une courbe de gave, riche en brochets, précieux pour ses truites, je croyais voir des radeaux de volets vermeils. Je ne suivais plus, comme avant, le mouvement de son long bâton qui soulevait les fougères, pour dévoiler des grappes de cèpes, de girolles ou de morilles. Les appels des pinsons et des chardonnerets me ramenaient vers une cour de ferme mystérieuse et sans vie. Un bruit étrange et un lourd battement d'ailes me poursuivaient.

Près d'un point d'eau, il donna un sens aux marques de griffes marquant le sol meuble. Distrait, je l'interrogeai encore en lui demandant de me parler de cette ferme abandonnée que nous avions croisée. Cette fois, sans me répondre, il repéra une touffe de poils blanche et brune, trahissant des présences silencieuses. J'insistais, comme hypnotisé par des volets disjoints et encore trop rouges. Il me répondait en décrivant des martres aux fourrures soyeuses, des chats sauvages agressifs…

Cette équipée devait me hanter les jours suivants. Je ne me souvenais ni des secrets dévoilés par mon grand-père, ni des harmonies plaintives du vent d'automne. Ma mémoire me ramenait constamment vers un reflet sombre ondulant entre des pierres grises et des larmes de sang. Maintenant, j'étais convaincu d'avoir aperçu une main.

Chaque après-midi, vers quatre heures, la remise se révélait l'endroit propice pour dissimuler ma gourmandise encouragée par ma grand-mère, enchantée de me voir entamer ses richesses. Protégé de toute agitation, je choisissais deux ou trois pots aux fruits différents. Je piochais pour découvrir des saveurs qui me transportaient vers des jardins que devaient fréquenter des dieux aux goûts délicats.

Ce jour-là, un orage violent avait éclaté. De lourds cumulus avaient imposé une obscurité pesante. L'air était irrespirable. Je n'avais plus faim. Les éclairs zébrant le ciel d'encre me transportaient sans cesse vers cette ferme lugubre aux volets rouges. Entre grondements, roulements et claquements, j'interrogeais ma grand-mère. Connaître le secret de cette bâtisse abandonnée devait, j'en étais convaincu, me libérer de mon obsession. Une lumière blafarde aux contours inquiétants avait accompagné ma demande. Mon aïeule s'était enfuie sans me répondre, en se signant. Elle s'était réfugiée d'un pas nerveux dans sa cuisine, face à ses fourneaux. En surveillant des morceaux de viande qui mijotaient doucement dans leur graisse, elle tentait d'échapper aux déchaînements d'une nature inquiète et sans doute à mes questions.

Les bourrasques balayaient les arbres. L'eau heurtait la terre. Le vent fouettait les murs et les tuiles. Des volets rouges cernaient ma mémoire. J'imaginais quelques secrets diaboliques que personne n'acceptait de me livrer. Dehors, des cascades brillantes surgissaient des toits. Moi, je voulais observer le passé entre des volets écarlates et disjoints. Mon imagination s'enflammait. J'entendais presque des appels, des gémissements. Je croyais voir des rigoles de sang à la place de l'eau de pluie que la terre sèche, fissurée par la chaleur, aspirait avec avidité. Comment ne pas imaginer le pire, quand personne ne répond à vos demandes ?

Une remise était proche de la demeure de mes grands-parents. Elle possédait une énorme cheminée qui offrait sa chaleur dès les premiers vents d'automne. Mon grand-père donnait vie au chambranle et aux jambages en mettant le feu à des billots de bois. D'abord, des flammes naissantes s'élevaient timidement de l'âtre et enveloppaient les premières bûches. Hésitantes, elles semblaient perdues dans un lieu obscur. Puis elles s'élançaient vigoureusement pour lécher la faïence des panneaux latéraux aux figures géométriques. Appuyé contre l'un des deux pieds-droits de la cheminée, j'imaginais en suivant les danses des flammes un sabbat de sorcières célébré dans une cour déserte. De nuit, je voyais les eaux d'une fontaine fuser comme les braises sous les bûches. Je racontais le fruit de mon imagination à mon grand-père qui appréciait le confort de la toile rêche de sa chaise longue.

C'était ma dernière soirée. Mon aïeul m'avait longuement écouté. Sans doute ému par mon départ et fatigué par sa journée dans son potager, mon grand-père décida brusquement de répondre à ma curiosité.

Il commença par me décrire une famille d'agriculteurs. Les parents étaient durs à la tâche, comme leurs anciens. Un couple de grands-parents s'occupait de deux des trois enfants, encore très jeunes. L'aîné devait passer l'année suivante le certificat d'études. D'amples jets chatoyants, fulgurants, illuminaient les outils accrochés autour de nous, pendant qu'il me détaillait des scènes de vie champêtres. L'obscurité nous enveloppait d'un châle aux mailles étroites, d'où filtraient des éclairs blafards. Je ne distinguais que la main de mon aïeul qui s'agitait. Sa voix dominait gémissements et craquements, elle me rassurait. J'attendais le dénouement, car je ne doutais pas qu'un mystère allait poindre.

Brusquement, la voix de mon aïeul se fit rauque. Il m'expliqua qu'un jour, le facteur avait trouvé les chiens morts dans la cour et la porte ouverte. En appelant et en pénétrant, il avait heurté des corps sans vie et marché dans des flaques de sang. Les cadavres des parents ligotés étaient recroquevillés devant la cheminée. Ils avaient les jambes nues et les pieds brûlés. À l'étage, les enfants se balançaient au bout de longues cordes. Le mobilier brisé, le sang sur les murs témoignaient de luttes acharnées. L'homme, un ancien militaire, avait traversé la ville en criant, comme si un diable le poursuivait. Les jours suivants, il n'avait pas pu s'empêcher de raconter sa découverte macabre à ceux qui s'étaient étonnés de son désarroi.

Les rayonnements devenant plus discrets, le brasier plus modeste perdait de son panache. Mon grand-père multipliait les détails qui ne pouvaient qu'embraser mon imagination. Il devait oublier mon jeune âge, perdu dans des souvenirs qui avaient traumatisé le bourg et les campagnes environnantes. Il répétait de temps à autre que cette tragédie avait environ trente ans, sans préciser si la Seconde Guerre était terminée. L'on disait, ici et là, que les criminels avaient sûrement voulu faire avouer aux habitants où ils cachaient leurs économies.

La voix chaude de mon aïeul dévia vers les méfaits des dernières bandes de chauffeurs, comme le gang des Romains et d'Albert qui sévirent jusqu'en 1952. Les méthodes employées avaient orienté les recherches des autorités de l'époque vers ces meurtriers. Recherchant les demeures isolées, ils s'introduisaient la nuit chez les gens et leur brûlaient les pieds sur les braises de la cheminée. Les uns escaladaient les murs, les autres enfonçaient les portes. Il y avait ceux qui liaient les victimes, ceux qui chauffaient les pieds.

Une grosse bûche se disloqua et s'effondra sur un tapis rouge et noir. Ma grand-mère venait d'ouvrir la porte de la remise. Une seule phrase devait lui faire comprendre les propos de son époux. Elle n'avait pas apprécié et, par une brève colère, avait mis fin à notre soirée. Elle m'avait entraîné dehors. En regardant derrière moi, je devais comprendre que mon grand-père regrettait de s'être laissé emporter par ses évocations.

Ma curiosité était satisfaite, même si j'ignorais tout des assassins et des raisons de ce massacre. J'avais toutefois compris que, depuis l'époque, l'énigme n'avait jamais été résolue. Ce soir-là, le sommeil ne venait pas. Je devinais les tueurs, les supplices. Les cris que j'imaginais se mêlaient aux chants des oiseaux de nuit qui étaient nombreux près de la maison et des grands arbres qui la ceinturaient.

Je me levais et regardais par la fenêtre les ombres de la nuit pour me rassurer. Je les trouvais plus menaçantes que d'habitude. Je tentais de déceler sur les murs des ombres insolites qui tenteraient d'atteindre une fenêtre.

Une silhouette inhabituelle avance, une autre la rejoint. Une lame brille sous un éclat de lune, entre deux arbres. Les chiens n'ont pas aboyé. Leurs corps gisent dans la cour. Entre les volets rouges, la porte est ouverte. Déjà, une première gorge est tranchée. Je crois voir gicler des gerbes de sang sur le sol et les murs.

J'ai la désagréable impression d'être spectateur, à côté des tueurs, puis face à eux. Le couple est ligoté, puis arraché du lit. Un pied est fermement maintenu dans la braise. La femme se tord de douleur, l'homme supplie. Des yeux haineux croisent des regards fous de douleur. Les supplications, les gémissements, les cris deviennent insupportables. Des rires cruels s'élèvent. Au premier étage, des cordes pendent. Des corps vont se balancer les uns après les autres. Je perçois un souffle fétide. Des perles de sang ruissellent sur mon front. Je me réveille en sueur et en sursaut.

Ce fut mon premier cauchemar, mais pas le dernier. Au petit matin, j'avais affirmé à mes grands-parents, qui me regardaient inquiets, que mon sommeil avait été profond. Je n'ai jamais rien confié de mes angoisses, de mes visions abominables.

Chaque soir, au crépuscule, je m'enfermais désormais dans ma chambre, fuyant les ciels étoilés. J'avais voulu découvrir le secret des volets rouges. Je venais de gagner des nuits agitées. Je n'en tenais aucune rigueur à mon grand-père, qui avait toujours des aventures passionnantes à me raconter et des secrets inestimables à me faire découvrir.

Les années passèrent, mes cauchemars s'espacèrent pour disparaître. Je n'oubliais pas la ferme aux volets rouges, mais mon imagination devait être épuisée.

Mes grands-parents nous ont quittés. Leur maison a été vendue, la porte en fer et le chemin étroit ont disparu. La rivière aux accents chantants est désormais bordée de berge en béton, victime des nombreux lotissements qui ont nettement repoussé les frontières de la ville.

Ce jour-là, je suis revenu. Je ne reconnais plus rien. Les chênes tordus par les ans, véritables ancêtres mutilés par les tempêtes, sont recouverts, comme les pâturages, par l'asphalte et le béton. Leurs disparitions m'ébranlent. J'aimais lire à leurs pieds, jadis. Des rues ont remplacé les chemins. Je cherche vainement la ferme isolée aux volets rouges. Je questionne les passants, j'interroge les habitants. Personne n'a gardé le souvenir de la ferme abandonnée. Le drame de l'époque est noyé dans les flots tumultueux de la vie. Poussé par un désir que je ne m'explique pas, je consulte les archives locales sans trouver beaucoup d'indices. Je lance un appel dans la presse locale. Je me sens dépositaire d'un évènement du passé, convaincu que ce drame n'était pas né de l'imagination de mon grand-père.

Je me présente devant la petite maison. Elle a le charme des demeures d'antan. Son propriétaire est plus âgé que mon père. Il avance, courbé par les ans. Dans la salle à manger, l'épouse dépose immédiatement une cafetière fumante et une assiette remplie de gâteaux secs, sur une nappe d'une autre époque. L'homme m'interroge, intrigué par ma recherche. Il a lu le journal et m'a contacté. En découvrant cette unique réponse, l'épilogue m'avait semblé proche.

Je fais appel à mes souvenirs et tente de retracer les propos de mon grand-père, en évitant de me laisser piéger par les déformations que ma mémoire m'avait peu à peu offertes.

Lorsque je me tais, l'homme passe longuement la main dans ses cheveux. Il regarde son épouse, avec un mince sourire. Il finit par me demander si je suis sûr de mes souvenirs. Sa question me trouble. Pour la première fois, je doute en vidant ma tasse.

Il finit par me raconter que l'histoire est réelle. La ferme de ses parents n'était pas loin du drame. Mais personne n'avait vu et entendu quoi que ce soit. À sa connaissance, les gendarmes avaient longuement enquêté pour ne rien découvrir. Certains villageois avaient assuré que le mauvais œil avait frappé les lieux. On avait même affirmé que des sorcières habitaient la ferme et qu'on entendait leurs chants les soirs de pleine lune. À sa connaissance, seuls les démolisseurs étaient revenus dans la cour de la ferme maudite. Il ne m'apprend rien de plus, en m'avouant qu'il a été intrigué par ma recherche.

Ce soir, j'attends à l'ombre d'une église de la ville. J'ai reçu un curieux message me fixant cet étrange rendez-vous. Peu rassuré, je consulte ma montre. Je suis arrivé en avance pour ne pas me laisser surprendre par un piège sordide. Soudain, une vieille dame menue s'avance. Elle me demande les raisons qui m'ont conduit à m'intéresser à une ferme abandonnée. Je ne sais trop que répondre, et j'avoue ma découverte lors d'une promenade de jeunesse. J'admets avoir longtemps été intrigué. La vieille dame me regarde longuement. Comme elle reste silencieuse, je lui confie ce que je crois savoir, les confidences de mon grand-père et celles des voisins de la ferme.

Un visage ridé aux yeux vifs m'entraîne vers la lumière. Elle m'affirme qu'une des enfants, la fille la plus jeune, n'est pas morte. Sauvée de justesse, elle avait été recueillie sur le parvis d'une église, puis confiée à l'assistance publique. La femme semble regretter de ne pas s'adresser à un journaliste avide de réveiller un massacre oublié. Elle tente de s'éloigner. Je la rattrape et lui promets, sans réfléchir, de donner un éclairage à ce triste épisode du passé. Je ne suis pas convaincant. Elle me laisse seul avec mes questions.

Une semaine s'écoule. Un autre message, aussi succinct que le précédent, me fixe un nouveau rendez-vous au même endroit.

La vieille dame arrive peu après moi. Elle parle sans que je l'interroge. Elle avoue que c'est sans doute la première et dernière fois qu'elle va évoquer le drame de sa famille. Elle est, je m'en doutais, la survivante. Le jour de ses trente ans, un homme lui avait demandé de venir le voir sur son lit d'hôpital. Intriguée par cette étrange demande, elle s'était présentée dans la chambre indiquée. L'agonisant était en fin de vie. C'est là qu'elle avait découvert son passé.

L'homme faisait partie de la bande qui avait détruit sa famille pour la détrousser. La guerre touchait à sa fin. Prêt à se vendre, il s'était laissé recruter par un groupe d'inconnus, pour sa connaissance de la région. La ferme aux volets rouges était la cible. Le fermier s'était vanté, en ayant trop bu au café, d'avoir hérité d'un tas d'or. Effrayé par les dérives meurtrières, pris de remords en découvrant une petite fille de deux ans qui le fixait, trop angoissée pour crier, il avait pu la dissimuler.

Elle était sortie de l'hôpital bouleversée, en gardant ce terrible secret. Bien sûr, elle aurait pu prévenir la police. L'homme était mort le lendemain. Il voulait soulager sa conscience depuis longtemps. Au seuil de sa mort, une confession à celle qu'il avait sauvée s'imposait.

La vieille dame me fixa de ses yeux sombres pour me demander si j'étais satisfait de savoir. Elle devait rajouter que depuis qu'elle savait la triste vérité, ses nuits étaient peuplées de cauchemars. Je n'ai pas trouvé de mots pour lui répondre.

Elle s'est éloignée si prestement que j'ai cru être le jouet de mon imagination trop fertile. Dans mes mains, le petit mot me fixant rendez-vous me confirmait qu'il n'est pas toujours souhaitable de soulever le voile du passé.

Maintenant que je sais, mes cauchemars ont repris.

Bibliographie d'Alain Maufinet :

Sous le pseudonyme d'Alain Badirac,
aux Éditions Libre Label depuis 2012 :
Passion clair-obscur – *Roman*

La pluie soleil – *Roman*

Les griffes de la vie – *Roman*

Souffles de vies – *Recueil de nouvelles*

En 2017, *participation d'Alain Maufinet au recueil de nouvelles pour le Prix Gérard de Nerval, avec 16 auteurs, avec* **Un cadavre dans les dunes,** *aux Éditions Arthémuse.*

En 2018, *sous le nom d'Alain Maufinet :* **Les larmes du désert**, *roman aux Éditions Livre Actualité.*

En 2020 chez JDH éditions :
Le chant des brisants – *roman, dans la collection Magnitudes*

Coronavirus, la dictature sanitaire – *pamphlet, collectif, dans la collection Uppercut*

Stupeur et Confinements – *dans les Collectifs JDH*

Nos violences conjuguées – *dans les Collectifs JDH*

Préfaces *dans la Collection Atemporels :* **Le colonel Chabert** *de Balzac, et* **Aziyadé** *de Pierre Loti.*

Préfaces *de deux romans du philosophe malien Fousseni Togola (parus au Mali).* **Bintou, une fille singulière** *et* **L'homme sirène.**

Deux romans à paraître dans la collection Nouvelles pages : **L'ombre de Marrakech** *et* **Otage au Mali.**

Et le présent collectif dans la collection Black-Files : **Cadavres écrits.**

Le goût du sang

Par Agnès Brown

Bureau du shérif de Jaymerson, Texas, 06 mars 2021 – 23 h 56

— Vous allez me relater les faits, sans en omettre les moindres détails.

— Encore une fois ? Ou vous êtes incompétent, ou vous ne comprenez pas très vite !

Le ciel est bas, les nuages noirs annoncent un orage prochain. Les rues de Jaymerson se vident de leurs passants rentrés se mettre à l'abri avant la pluie. Le shérif Finch tape du poing avec violence sur la table en bois qui le sépare du criminel. Le bruit résonne dans la pièce exiguë attenant aux bureaux où ils sont enfermés tous les deux depuis presque douze heures.

— Bordel ! Tu as de la chance, je t'enverrais bien mon poing dans la gueule, grogne-t-il, ne supportant plus le regard perfide du prévenu.

— Oh ! Ne vous énervez pas ! Je vais tout vous raconter, Shérif ! Pour la sixième fois au moins, ricane-t-il, toisant le policier, les narines remontées, le sourire sournois. Mais ces menottes, reprend-il, sont bien trop serrées et m'empêchent de réfléchir !

Finch essaie de garder son calme. De toute sa carrière, il n'avait jamais eu à traiter une affaire aussi sordide. Il remonte son Stetson et observe attentivement l'homme en face de lui. Une petite vermine à qui il flanquerait bien une balle dans la tête.

— Vas-y ! Je t'écoute, lui dit-il le plus calmement possible.

— Par quoi je commence ? Ma date de naissance ? le nargue le prévenu.

— Ne te fous pas de moi.

— Ok, ok ! Je vais tout de même vous le dire. Je suis né le 24 décembre 1992 à Minneapolis. J'étais un joli cadeau de Noël, vous ne trouvez pas ?

— Je ne crois pas, non, répond le Marshal texan, avec autorité.

— Oh ? Vous n'avez donc aucun humour, Shérif !

— Continue, gronde-t-il, tapant à nouveau son poing sur la table.

— Par la suite, j'ai grandi ! le nargue l'accusé. Mes parents m'ont donné une éducation stricte. Ils étaient membres de l'ordre des Frères Chaynsey, vous connaissez peut-être ?

Le shérif ne répond pas. Sa respiration s'accélère, sa patience a des limites, mais il veut se contenir. Ce type vient d'une putain de secte ! Cette confrérie dont les dirigeants éliminent les membres défaillants et font parler d'eux dans les journaux bien trop souvent. Il a déjà eu affaire à eux. Il se reprend, ruminant intérieurement. Cet interrogatoire sera le dernier pour Finch. L'heure de la retraite est arrivée, il ne veut pas finir sur une mauvaise note, ce n'est pas le moment de faire une connerie. Il ne doit pas laisser ses propres sentiments et sa fatigue prendre le dessus. D'un hochement de tête, il invite l'accusé à continuer sa déposition.

— Vous n'avez pas l'air de connaître l'ordre Chaynsey ? Je me trompe ? Vous ne dites plus rien, Shérif ? Vous vous sentez bien ? continue le prévenu sur le même ton narquois.

Cette fois, Finch ne peut plus se dominer, ce sale type a le don de le faire sortir de ses gonds. De colère et d'exaspération devant ces questions déstabilisantes, il se lève brusquement de son siège et il lui balance une gifle.

Le coup est tellement agressif que l'individu tombe, entraînant la chaise sur laquelle il est attaché. Il heurte le sol violemment avec son crâne, le choc résonne. L'homme est à terre, mais Finch ne décolère pas. Il lui assène un coup de pied dans les côtes et, d'un coup de Santiag, tape sur son visage.

Une fois calmé, il le relève. Le prévenu, malgré la douleur, sourit, laissant apparaître ses dents rougies par le sang coulant de ses gencives. Il sort sa langue et lèche ses lèvres doucement, comme s'il se délectait du goût de ferraille de l'hémoglobine fraîche. Ce moment paraît interminable, Finch est pris de dégoût. L'accusé le remarque. Il prend une grande respiration et éclate d'un rire tonitruant qui retentit contre les vieux murs qui les entourent, transperçant et s'insinuant dans les veines du shérif. Ce dernier tourne les talons et sort de la pièce, claquant la porte derrière lui. Le rire du monstre continue de le troubler alors même qu'il s'est arrêté ou qu'il ne l'entend plus. Il se sert un café et allume une cigarette. Il aspire si vite qu'il s'étouffe et tousse à s'en arracher les poumons. Il n'avait jamais eu affaire à un personnage aussi ignoble, aussi abject. Des délinquants, des voleurs, étaient son quotidien, même des assassins, mais un meurtrier de cette envergure… Comment un homme pourrait-il commettre de tels actes ? Il est pris de haut-le-cœur en imaginant les images de ses victimes.

Sa toux s'atténue enfin, mais il a du mal à respirer normalement. Il faut pourtant qu'il en finisse. Il attend des aveux et il restera là, à l'interroger, jusqu'à ce que ce monstre parle. Il aurait apprécié que ses collègues restent avec lui pour le cuisiner, mais devant leur épuisement des derniers jours, Finch ne pouvait pas leur en demander plus. Il les a priés de rentrer chez eux.

Il pousse la porte. Le criminel le fixe du regard. S'il l'avait croisé dans la rue, jamais il n'aurait pensé que cet homme puisse être un meurtrier. Propre sur lui, bien coiffé, élégant même… L'apparence est souvent trompeuse…

— Continue, le somme Finch, dont le visage garde encore les stigmates du difficile moment de toux et d'étouffement qu'il vient de subir.

— Vous m'avez fait mal, Shérif, mais Dieu que c'était bon ! *You nailed it* ! Je pourrais même vous dire merci pour cet interlude, mon beau ! crache-t-il en claquant sa langue.

— Ta gueule, connard ! Donne ton nom !

— Mon nom ? Mais je vous l'ai dit mille fois déjà ! Il vous faut vous reposer, réplique-t-il, vous avez l'air bien fatigué.

Le ton hautain et précieux de ce sale type exaspère le shérif. Il se contient, mais il pourrait bien le défigurer s'il se laissait aller. Bousiller des petites merdes comme lui pour débarrasser le sol américain de ces punaises l'a toujours démangé.

— Ton nom ! Tout de suite ! hurle Finch.

— Ok, je m'appelle Jack Pennet, vous êtes content ?

— Parle-moi de tes victimes. Quelles étaient tes motivations ?

— Mes motivations ? Mais nous avons tous la même motivation dans la vie, Monsieur Finch ! L'argent ! La monnaie ! Le flouze ! Le blé ! Vous appellerez ça comme vous voudrez, mais moi, c'est mon leitmotiv, ça m'excite, ça me fait même bander ! Vous arriveriez à vivre sans argent, vous ?

— Je ne tuerai pas pour en avoir plus, en tout cas.

— C'est ce que vous dites ! Mais si un jour vous n'en avez plus, je ne donne pas cher de la bête qui sommeille en vous et qui massacrera le plus doux des agneaux si celui-ci a trois sous dans sa poche ! Vous vous contentez de votre petit salaire. Les gens comme vous me dégoûtent. Aucune ambition, vous vous contentez de peu, vous restez dans les rails, le méprise-t-il.

Jack crache un glaviot ensanglanté au sol, mais le shérif n'en tient pas cas. Pennet attise sa colère, mais ça ne marchera pas cette fois. Finch relève ses manches, pose ses coudes sur la table.

— Tu as pourtant eu une éducation stricte, c'est ce que tu m'as dit tout à l'heure.

— Ah ! Ça vous intéresse, à présent ? Évidemment, j'ai été très bien élevé, au milieu des Frères Chaynsey. Nous lisions la Bible matin, midi et soir, nous ne lisions que la Bible, d'ailleurs, pour nous laver des péchés que nous n'avions pas encore commis, ironise-t-il. Cela devait nous éviter d'être livrés au Diable et de griller en enfer !

— Tu es donc sauvé ! éclate le Texan.

— Oh, non ! Voyez-vous, je n'en crois pas un mot ! Il n'y a que les naïfs ou les simples d'esprit qui se laissent bercer par ces inepties ! Dieu, le Diable, le mal… Des légendes qui n'ont pour but que de maintenir les faibles sous la domination des plus forts.

— Tu n'es donc ni naïf ni simple d'esprit ?

— Bien sûr que non ! Pour qui me prenez-vous ?

— Pour un bullshit surtout, confirme-t-il en jouant avec son paquet de cigarettes.

Le prévenu prend l'air offusqué. Ses manières de petit conservateur vulgaire lui donnent envie de le frapper encore et encore.

— Tu sais pourtant que nous avons des preuves contre toi ? reprend-il.

— Des preuves ? De quoi parlez-vous, au juste ? s'étonne l'accusé, relevant un sourcil.

— Tu as tué de sang-froid, tu es un putain de meurtrier.

— Avez-vous au moins trouvé des corps ? s'énerve-t-il, jetant sa tête en arrière.

Le shérif ne répond pas. Au contraire, il s'approche de lui pour l'intimider. Il doit amener le criminel à avouer. Il est d'ordinaire habile dans ce domaine.

— Pas de corps, pas de meurtre. Nous parlons juste de disparitions ! complète Pennet.

— Même sans corps, nous pouvons prouver ta culpabilité.

— J'en doute ! Mais si vous le dites, je ne demande qu'à voir !

Finch attrape le feuillet qu'il avait déposé sur la table et fait mine de lire :

— Tu t'es marié en 2015, et ton époux, c'est bien ça, ton époux ?

— Tout à fait, je me suis marié pour le pire et pour le meilleur avec Max Baurrow. Quand j'y pense, il était si charmant ! minaude-t-il.

— Il t'a pourtant laissé tomber rapidement.

— Je crois qu'il n'en voulait qu'à mon argent ! s'agace le criminel. Et il était jaloux de ma réussite.

— Tu m'as dit toi-même que l'argent était la motivation de tout un chacun. Baiser pour du fric, ça ne devrait pas t'étonner.

— Un point pour vous, c'est exact. C'est pour cela que je ne lui en veux pas de m'avoir quitté. De toute façon, je me suis rendu compte que je préférais les femmes.

— Oui, je vois ça. Dans le rapport, il est noté qu'une fois ton divorce prononcé, tu t'es entiché d'une vieille héritière. Une certaine Merlysse. Tu l'as dépouillée de sa fortune, c'est bien ça ?

— Elle en avait bien trop, je vous assure, Shérif, ironise le prévenu.

— Tu as revendu ses bijoux, nous avons le témoignage d'un joaillier de Port Isabel. Il t'a reconnu sur photo. Une tête comme la tienne ne passe pas inaperçue…

— J'ai payé pour tout ça ! s'insurge Pennet. On m'a pincé et je suis allé en prison. C'est une vieille histoire. Je n'ai tué personne ! proteste-t-il.

— Certes, jusque-là, tu n'étais qu'un piteux voleur. Et madame Merlysse est morte de mort naturelle, si j'en crois ce qu'il y a sur ce rapport.

— Piteux ? Je dirais plus que j'étais un génie ! Grâce à cette vieille *goat*, j'avais les poches pleines ! Mais j'ai une fâcheuse faiblesse, je suis un incroyable dépensier !

— T'es qu'une merde de gigolo, Jack.

Encore une fois, le prévenu s'insurge en ouvrant la bouche. Mais sa mimique change très vite, il sort sa langue, l'enroulant délicatement comme s'il léchait le vide.

— Après l'épisode Merlysse, tu as visé plus haut, plus fort. En sortant de prison, tu t'es rapproché de ton amie d'enfance. Une sacrée fille qui avait construit un petit empire.

— Vous parlez d'Abby, je suppose. Nous n'étions pas si bons amis que cela.

— Tu avoues que tu l'as tuée ?

— Oh, non ! Vous l'avez dit vous-même, nous étions amis d'enfance ! Qui tuerait son amie d'enfance ? D'autant que nous avons un peu fricoté, tous les deux. Une belle salope au pieu, d'ailleurs ! ricane-t-il, l'air salace.

Finch ne supporte pas les détraqués sexuels, et à ces dernières paroles, il lui flanquerait bien son poing dans la figure encore une fois. Il n'en fait rien, respire et se calme avant de reprendre :

— Elle a disparu du jour au lendemain, laissant même ses parents sans nouvelle. C'est tout de même étrange, non ?

— Chacun est libre de faire ce qu'il veut de sa vie. Abby a voulu tout plaquer, et elle est partie, loin, certainement.

— Tu en es sûr ?

— Je suis comme tout le monde, je n'ai aucune nouvelle d'elle.

— Nous pouvons pourtant prouver qu'elle n'est pas partie de son propre chef. Tu sous-estimes la police, je pense, reprend calmement Finch, voyant que l'accusé se sent tout de même mal à l'aise.

Pennet se dandine d'une fesse à l'autre sur sa chaise et frotte ses poignets liés par les menottes l'un contre l'autre, pris de démangeaisons incontrôlables. Le shérif sent enfin qu'il ne va pas tarder à reconnaître ses crimes et une bouffée de soulagement s'empare de ses poumons enfumés par le tabac.

— Est-il vrai que tu aimes boire le sang de tes victimes ? lui demande le shérif, se remémorant la façon dont Pennet se léchait les lèvres il y a quelques instants.

— Ce n'était pas mon amie, s'énerve Pennet, qui ne veut pas répondre à la question.

— As-tu bu son sang ? As-tu bu le sang d'Abby Miller ? L'as-tu tuée ? rugit Finch.

Le meurtrier se raidit. Il glisse son menton sur son épaule, astiquant sa joue contre son veston. Ses yeux sont vides et hagards subitement, ses pupilles se dilatent. Il forme avec sa bouche un O et place sa langue entre ses dents et ses lèvres. Cette image rebute le shérif qui a maintenant envie de vomir. À nouveau, il frappe la table avec la paume de sa main pour que Pennet cesse ces gesticulations répugnantes. Ce dernier redresse la tête et sourit vulgairement au shérif.

— Avec une paille, lui répond-il sereinement.

— Quoi ?

— Je disais : avec une paille. Je l'enfonce dans la veine jugulaire et j'aspire, jubile-t-il.

— Shit ! C'est une blague ?

— Ai-je l'air de plaisanter, Shérif ?

— Tu te rends compte de l'atrocité de ce que tu viens de dire ? s'énerve Finch, envoyant un coup de pied violent dans le mur.

Pour réponse, Pennet part dans le même rire assourdissant que tout à l'heure. Finch ferme les yeux. Il voudrait plaquer ses mains sur ses oreilles, mais il n'en fait rien et prend le parti d'attendre que la bête se calme. Devant l'impassibilité du shérif, l'assassin s'arrête. Mais son sourire pervers est toujours accroché à son visage.

— Peut-être que je vous raconte seulement ce que vous voulez entendre, Shérif Finch.

— Peut-être, en effet. Mais tu m'as l'air de jouir de plaisir, petite merde. Où est le corps d'Abby ?

— Je vous demande de cesser de me poser cette question, se crispe le prévenu.

— C'est mon job. Je pose les questions, tu y réponds, bullshit.

— Je ne répondrai pas à celle-là.

— Ok. Passons donc aux victimes suivantes. Faire disparaître ton amie ne t'a pas suffi. Tu t'es procuré de faux documents stipulant que vous étiez mariés. Une aubaine pour toi, tu héritais de tout ce qu'elle avait construit. Seulement, ses parents n'ont pas été dupes et ils sont venus troubler ton plan diabolique, c'est bien ça ?

— Vous êtes bien renseigné. Mais qui vous dit que le mariage était un faux ?

— Les documents ont été analysés. Les tampons étaient grossiers, et si le notaire d'Abby avait mieux regardé, il l'aurait vu tout de suite.

— Mais il les a bien regardés, assure Pennet, relevant sa lèvre supérieure.

Finch se racle la gorge, il sent sa fichue toux prête à le secouer à nouveau. Il ravale sa salive. Il n'a pas l'esprit clair. Toute cette histoire est sordide. Pour en finir, il aimerait bien lui planter une balle dans la tête. Il va falloir qu'il soit plus malin que ce monstre sanguinaire pour qu'il avoue ses crimes.

— Les parents d'Abby ont disparu, eux aussi. Où sont-ils ? reprend-il abruptement.

— Comment le saurais-je ?

— Tu les as tués, assure-t-il.

— Vous savez, Shérif, l'histoire peut s'écrire de différentes manières.

— Tu vas fermer ta gueule et me dire la vérité, bordel !

— Je peux dire que leur fortune m'a permis de vivre honnêtement un moment.

— Honnêtement ? Laisse-moi rire, *pariah* !

— Je suis sérieux ! J'ai pu payer des hommes et des femmes pour me donner du plaisir, vous voulez des détails, Shérif ?

— Tu n'as donc eu aucun remords, petite merde ? s'agace le Texan.

— Il n'est toujours pas prouvé que je les ai tués. Je me trompe, Shérif Finch ? Pas de corps, pas de meurtres !

Finch perd patience. Il a essayé plusieurs stratégies, mais aucune ne lui a permis de recueillir des aveux concrets. Il a envie de se griller une sèche, et sort de sa poche son paquet de Marlboro. Il fait claquer son zippo et souffle la fumée de sa cigarette en direction du prévenu.

— Tu loges au vingt-deux Berty Street, à la sortie de Jaymerson. Tu as aussi une autre adresse à Minneapolis, exact ?

— Parfaitement, une maison secondaire, on va dire.

— L'adresse à Minneapolis était l'officielle, l'autre te servait à tes délires sanglants, c'est ça ?

— J'ai toujours eu d'excellents témoignages de mes voisins en ma faveur. Je suis un homme discret et poli, répond-il en penchant la tête, la frottant sur son épaule.

— Nous avons retrouvé des fûts d'acide sulfurique dans ton garage à Jaymerson. À quoi ils te servaient ?

— Ils n'étaient pas à moi.

— Shit ! À qui appartenaient-ils, alors ? hurle le shérif.

— Je loue mon garage à des artisans pour arrondir mes fins de mois.

— Foutaises ! Je sais que c'est toi qui les as achetés. T'as signé les bons de livraison, pas vraiment astucieux de ta part.

— Je n'ai jamais prétendu être futé, Shérif, lui répond-il sournoisement.

— Et les deux congélateurs, ils ne t'appartenaient pas non plus ? Arrête tes mensonges merdiques, s'énerve-t-il.

— Ah, oui ! Ceux-là, ils sont à moi ! J'ai toujours voulu stocker des provisions. On ne sait jamais, avec les temps qui courent… souligne-t-il avec perfidie.

— Ils étaient vides lors de la perquisition. Tu n'avais donc pas fait les courses, ironise Finch.

— Dois-je aussi vous dévoiler les repas que je fais ?

— Ne te fous pas de moi. Nous ne sommes plus dans les années 70, on peut faire des analyses ADN à partir de trois fois rien, réfléchis à ce que tu vas dire, *rascal*.

— Et qu'avez-vous trouvé dans mes congélateurs, Shérif ? Des restes de gras de poulet ? De la crème fouettée, peut-être ? rit le criminel en avançant son visage au-dessus de la table, aussi prêt qu'il le peut du policier.

Finch ne recule pas. Il n'a pas peur. Il n'a jamais eu peur, d'ailleurs, même s'il n'a jamais eu affaire à un tel gabarit de monstruosité. Il en a dompté des vermines durant sa longue carrière, il ne se laisse pas impressionner.

— Ok, tes congélos étaient là à des fins tout à fait… alimentaires. Ils étaient quand même assez grands pour contenir deux hommes chacun, annonce-t-il en se levant. Il me vient une idée, arrête-moi si je me trompe. Tu tues tes victimes, tu les dépouilles de leurs biens. Aucun témoin de tes crimes. Tu dis à qui veut l'entendre qu'elles ont eu une subite envie de prendre le large, mais en fait, elles t'attendaient sagement dans ton garage. Enfin, leurs cadavres t'attendaient dans ton garage pour être congelés, c'est ça ? Et tu les vidais de leur sang avant cette congélation, sans doute ? Avec une paille, c'est bien ça ? Et quand leur disparition ne posait plus de questions à personne, tu te servais de l'acide pour éliminer toutes traces de tes crimes ! Je me trompe ? Réponds, bordel !

Pennet ne dit plus rien. Les traits de son visage changent et se transforment en une grimace effroyable. Finch a l'impression que le nez de Jack se tord, que ses yeux transpercent ses paupières, que ses lèvres s'enroulent. Le shérif est à nouveau pris de nausées. Il imagine ce monstre se délecter en trempant les corps de ses victimes, vidées de leur sang, dans un bain d'acide sulfurique. Sa haine du meurtrier n'a plus de limites. Il se lève brusquement, attrape la table et la jette contre le mur. Pennet sursaute. Il voudrait que ça se passe en douceur. Finch se tient de profil devant l'assassin, le cœur trépidant, les mains tremblantes. Il est pris de vertiges et s'appuie contre la porte pour ne pas tomber. Il a encore du mal à respirer, ses poumons n'ont plus assez d'air. Le visage de Jack redevient normal, presque doux et innocent. Pourtant, dans sa tête, c'est un véritable chaos. S'il le pouvait, il sauterait au cou du Texan, lui arracherait la peau et boirait son sang. L'odeur de ce liquide rouge l'enivre, son goût le grise. Il se sent invincible, maître du jeu, immortel.

Le shérif rallume une autre clope et ne parle pas avant de l'avoir terminée. Il a envie de l'écraser sur le front de ce sale type. Mieux encore, il lui mettrait bien une balle avec son Magnum 357 au beau milieu de la figure.

— Parlons du couple Kent, reprend le shérif, calmé.

— Si vous voulez… répond Jack qui sent que l'étau se resserre considérablement sur lui.

— Que peux-tu m'en dire ?

— Ils ont voulu me voler ! essaie l'assassin.

— Pardi ! Tu en es sûr ? Je crois que c'est le contraire, moi. Tu les as allégés de leur fortune, eux aussi.

— Comment aurais-je pu faire cela ? s'indigne le criminel.

— Tu as fait une erreur.

— Je ne vois pas de quoi vous parlez, Shérif. Ces gens étaient des bandits.

— Pourtant, après leur disparition, tu as hérité de tous leurs biens. Tu es fort !

— Ils n'avaient personne, pas d'enfant, pas de famille. J'étais leur seul ami. On est aux États-Unis, vous savez qu'on peut tout léguer à ses amis, tout de même ! C'est plus raisonnable de faire profiter les honorables gens que l'on aime de la fortune qu'on va laisser à sa mort. Vous ne trouvez pas ?

— Tu as tout vendu, tu procèdes toujours de la même manière, on dirait.

— Qu'aurais-je fait des bijoux et des tableaux ? Je ne suis pas un grand connaisseur d'art !

— Tu as aussi saigné leur chat, n'est-ce pas ? Tu fais aussi dans les animaux, ça t'excite ? demande soudainement le shérif.

Jack Pennet relève à nouveau sa lèvre supérieure comme si, d'un coup, un souvenir heureux lui revenait en mémoire.

— Et tu l'as aspergé d'acide après l'avoir refroidi dans tes congélateurs, reprend le shérif, pris de dégoût à cette idée et à nouveau d'étourdissements.

L'accusé est toujours perdu dans ses pensées. Le chat des Kent est une agréable évocation, un des meilleurs moments de sa vie. Il lui semble ressentir encore ce goût particulier qui chatouillait son palais quand il aspirait son sang. Il secoue la tête de droite à gauche, le shérif ne peut rien prouver. À ce jour, personne n'a retrouvé de corps prouvant sa culpabilité.

— Jusque-là, tu n'avais pas été inquiété. On n'aurait jamais pensé que tu pouvais faire du mal à quiconque, *pariah*. Tu choisissais bien tes victimes.

Finch marche dans la pièce. Il tourne autour de l'assassin présumé, les mains dans le dos. Il prend soin de ne pas trop s'approcher. Jack a beau avoir les mains attachées et les pieds liés à la chaise, il sait très bien qu'il est capable de tout.

— Tu présentes bien, en plus, continue-t-il. Les cheveux gominés, impeccablement habillé. Parfumé aussi. Sûrement pour cacher la puanteur de ton âme, grogne-t-il.

Le shérif ne se contient plus et crache au visage de Jack, qui plisse les yeux en recevant le mollard.

— Tu es un vaurien, un tueur, une merde, hurle le shérif. On va t'exécuter pour tes crimes.

Pennet inspire bruyamment.

— Vous n'avez aucune preuve, chuchote-t-il.

— Shit ! Parce que voler tes victimes, c'est un délit presque mineur dans ton cas, mais les assassiner, c'est perpète, mon gars. Tu as massacré, puis brûlé à l'acide Abby Miller, ses parents et le couple Kent, sans oublier leur chat.

— Est-ce que vous avez retrouvé les corps ? demande Pennet, avec calme.

Finch ne dit plus rien. Ses nerfs sont à bout. Il craque la pierre de son Zippo et allume une énième cigarette. La première bouffée s'insinue dans ses poumons fragiles, lui faisant à la fois un bien fou, mais l'entraînant un peu plus dans l'abîme qui le guette.

— Tu as voulu aller trop loin. Tu te serais contenté de l'argent de tes premières victimes, on ne t'aurait jamais soupçonné. Mais ton appétit était insatiable, et l'appât trop facile. Seulement, cette fois, tu as été pris à ton propre piège. Ta dernière victime, Camille Forget, a sonné ta perte.

Pennet ne répond pas, il tourne la tête. Ses dents grincent, ses yeux se révulsent.

— On dirait que son nom t'évoque des souvenirs ? interroge Finch.

Le silence pour réponse.

— Tu ne savais pas qu'elle avait une fille en France. Tu n'as pas été assez mignon pour recueillir assez de confidences sur l'oreiller. Sauf que sa disparition a tout de suite alerté sa chère progéniture qui n'aurait jamais fait une croix sur son héritage. Camille lui avait parlé de toi. En bien, j'entends. Tu étais l'homme parfait, de trente-cinq ans son cadet, certes, dont les prouesses sexuelles ont fait le tour de ses amies les plus proches. Charmant, élégant, prévenant, autant de mots te qualifiant qui auraient pu te dédouaner de toute mauvaise action. Amoureux surtout, paraît-il ! Connerie, oui ! Vois-tu, la fille Forget n'a pas été dupe. Sa mère était une peste arrogante selon elle, et jamais un homme n'aurait pu s'y attacher comme elle a pu le laisser penser. Alors, quand elle ne lui a plus donné signe de vie, elle a compris et elle est venue jusqu'au Texas. Crois-moi, la fille est bien plus attirante que l'était la mère ! Et c'est elle qui nous a mis sur ta piste. Une chose qui m'étonne pour un homme qui se dit si intelligent, tu as toujours gardé la même identité ! Comme quoi, le plus fou des assassins n'a pas assez d'esprit pour couvrir ses arrières.

Pennet baisse la tête et entame un murmure incessant, comme une comptine d'enfant. Le tonnerre éclate d'un coup, la pluie s'abat avec force sur le toit.

— Tu ne dis plus rien ? continue le shérif.

Le prévenu élève la voix, son murmure devient comme une plainte atroce. Il hausse la tête et laisse apparaître des yeux écarquillés. Une grimace encore plus affreuse s'empare de son visage. Son teint est gris, de la bave coule des commissures de ses lèvres. Il est pris alors de convulsions, le torse impulsé en avant.

— Si tu essaies de me faire peur, c'est raté, affirme Finch.

Jack se projette à nouveau en avant, mais il est handicapé par les menottes et ses pieds liés. Il fait un mouvement brusque de la tête, un jet verdâtre s'échappe de sa bouche et coule sur ses genoux. Il stoppe net ses mouvements et éclate d'un rire horrible et effrayant. Le shérif ne se démonte pas, mais il espère que l'interrogatoire touche à sa fin, afin de sortir de cette pièce salie par l'âme de ce meurtrier et son écœurante odeur.

— Tu avoues ? crie-t-il.

Le tueur rit toujours, il balance maintenant sa tête en cercle. D'un coup, il se fige. Il scrute le visage de Finch.

— J'avoue. J'avoue que vous êtes minable avec votre étoile scotchée sur votre veste. Minable dans votre vie étriquée avec votre salaire de merde. Vous êtes vieux et rongé par les années. Vous vous êtes dévoué pour la justice, une justice qui pisse sur les gens comme vous. Oui, je suis coupable d'avoir voulu vivre comme un prince, d'avoir volé et tué pour de l'argent, d'avoir voulu bouffer comme les plus riches de ce monde, pour me payer des putes de luxe, des montres à cent cinquante mille dollars, des voitures de sport. Vous ne l'auriez pas fait, vous ? J'ai brûlé mon âme pour prendre mon pied !

— Je prends ça pour des aveux. Comment as-tu procédé ?

— Encore une fois, vous n'avez retrouvé aucun corps ? Je n'ai tué personne !

— Tu les as dissous ?

— Vous êtes rusé, Shérif Finch. Mais c'est une mauvaise déduction.

— Ne te fous pas de moi, je t'ai dit. Tu as laissé des traces derrière toi. Tes congélateurs étaient bourrés d'indices. Invisibles à l'œil nu, mais d'infimes détails, que notre logistique a détectés. Ta piaule a été passée au peigne fin.

Cette fois, c'est Finch qui se plie en deux, riant de nervosité. L'assassin présumé s'agite fiévreusement sur sa chaise.

— Vous avez trouvé quoi ? beugle Jack.

Le shérif se poste derrière lui et encercle avec ses mains le cou de Pennet. Il meurt d'envie de serrer, d'étouffer ce monstre. Il appuie malgré lui, il sent ses veines gonfler sous ses doigts, mais lâche subitement. Le tueur reprend sa respiration, inspirant profondément afin de faire entrer l'air dans ses poumons.

— Tu vas avouer, bordel ! hurle Finch.

Il se remet doucement, avale sa salive. Ses yeux, emplis d'animosité, expriment la haine.

— Je vais vous le dire, puisque vous n'attendez que ça. J'ai pris mon pied ! Mieux qu'un orgasme ! D'abord avec Abby, puis avec les autres. Je les ai tués, j'ai éclaté leurs crânes avec un marteau. J'entendais leurs os éclater. Oh ! Jubilation extrême ! Ils m'ont tous supplié, imploré pour que j'arrête, mais plus ils me priaient de cesser, plus je frappais. Même à terre, je continuais, jusqu'à ce que leurs crânes explosent, que leurs cervelles soient mises à nu. Puis je m'agenouillais près d'eux. Pauvres brebis égarées ! Je leur chantais une chanson, toujours différente selon mon humeur, je les aidais à passer tranquillement dans l'autre monde.

Finch est ébahi, les paroles de ce monstre l'horrifient, l'excèdent, sa haine monte.

— L'odeur de l'hémoglobine m'étourdissait, Shérif. Je caressais ce liquide chaud qui coulait, je léchais leurs joues, leurs cous, mais ce n'était pas assez. Il fallait que je les vide complètement. Je perçais leurs jugulaires et aspirais leur sang jusqu'à la dernière goutte avec une paille. Ça pouvait prendre des heures, mais Dieu que c'était bon ! Une jouissance divine ! La première nuit, je la passais près d'eux. Je leur tenais la main, je leur parlais, je les coiffais. Je n'étais pas si cruel que vous voulez me le faire croire ! Je les remerciais d'avoir croisé mon chemin, de me léguer leur fortune. Mais le lendemain, ces corps n'étaient plus que des cadavres encombrants pour moi. Pour Abby, la première, je ne savais pas comment faire pour m'en débarrasser. L'idée m'est venue soudainement, sûrement parce que je suis un putain de génie, Shérif ! Comme on stocke les carcasses d'animaux, j'ai stocké le corps dans les congélateurs en attendant de le faire disparaître définitivement. Il était temps pour Abby, elle commençait à schlinguer, cette salope.

Finch sent un goût acide dans sa gorge. Les images qu'il imagine le répugnent. Il tousse, s'étouffe et est obligé, encore une fois, d'agripper les parois qui l'entourent pour ne pas tomber.

— Vous allez bientôt mourir, Shérif, reprend l'assassin, un sourire abject accroché à ses lèvres.

— Continue, essaie de hurler Finch.

— Ok, ok, je continue, ça a l'air de vous plaire. J'ai laissé Abby dans ce congélateur jusqu'à ce que je reçoive l'appel de ses parents. Là, j'ai paniqué. Ils allaient débarquer et il ne fallait pas qu'ils trouvent la moindre preuve. Seulement, ils sont arrivés avant que je trouve une solution et je n'ai pas eu le choix… Je leur ai dit qu'Abby était dans mon garage, qu'elle les attendait. Ils m'ont suivi, confiants. Je crois même qu'ils étaient heureux de me voir ! Quand j'ai ouvert le congélateur, ils ont tous les deux poussé un cri terrible. Vous auriez vu leurs têtes ! Pauvres parents qui n'ont pas pris soin de leur fille chérie. Ils étaient pétrifiés, alors j'en ai profité. Ils ont reçu le même sort, je leur ai fendu le crâne à coups de marteau et j'ai bu leur sang, à tous les deux, avec une préférence pour le père. Il était bien plus sucré, plus bestial, un vrai régal !

Finch est maintenant dos au mur. Il sort une autre cigarette de sa poche et l'allume alors que sa toux n'a pas cessé.

— C'est en regardant une série TV que j'ai eu l'idée de l'acide sulfurique. C'est fou ce qu'on trouve comme informations cruciales sur le petit écran, vous ne trouvez pas ?

Finch a le tournis, sa toux ne cesse pas. Il voudrait que cet interrogatoire finisse, il n'arrive plus à avoir les idées claires.

— J'ai donc acheté des fûts d'acide et j'ai baigné les cadavres à l'intérieur après les avoir découpés en morceaux. Comment, me direz-vous ? Avec une hache ! Jubilatoire, ça aussi !

Le shérif s'esquinte, il a du mal à reprendre sa respiration. L'assassin continue son discours sans se préoccuper de Finch, exultant de sa folie :

— Il ne faut que quelques jours pour que les corps se dissolvent, vous le saviez ? J'espère que vous allez le noter dans votre rapport, Shérif ! poursuit-il avec ironie.

— Tu as procédé de la même manière pour toutes tes victimes ? essaie d'articuler Finch.

— Exactement ! Elles ne m'ont donné aucun mal, elles avaient toutes foi en moi avec ma gueule d'ange !

— Sauf que la fille Forget est venue saboter tes grandes ambitions, *pariah.*

— Je n'étais même pas au courant qu'elle avait une fille, cette connasse !

— Je te remercie pour ces aveux, Jack.

Le prévenu hausse les épaules avec frénésie et rit discrètement.

— Tu vas directement vers le couloir de la mort.

— Quelles preuves avez-vous contre moi ? C'est peut-être tout simplement un ramassis de conneries que je viens de raconter, assène Jack.

— J'en doute. Ce sont les quelques traces du chat que l'on a trouvées qui nous ont permis de découvrir que tu étais un véritable malade mental…

Encore une fois, le visage de Pennet se crispe de bonheur. L'image du chat des Kent dont il a bu le sang lui procure une jubilation extrême à tel point que son corps en tremble. Mort, il a dormi avec lui pendant près d'une semaine, pour humer son odeur, une odeur exquise de cadavre. Et même quand il l'a congelé, découpé, puis dissout dans l'acide, il pouvait encore se délecter de sa fragrance qui avait imprégné ses draps.

— Nous avons aussi retrouvé les dents en or de Camille Forget. L'or met plus de temps à disparaître dans l'acide… Tu seras jugé pour homicide volontaire et envoyé à l'abattoir, Jack, termine le shérif, exténué, prêt à s'effondrer.

Il a de plus en plus de mal à respirer. Putain de clopes qui lui ont bousillé les poumons. La fatigue mêlée à ses difficultés respiratoires, il s'agenouille, dos au mur, pour reprendre ses esprits. Il aura suffi d'une fraction de seconde à Pennet pour saisir cette belle opportunité. Même avec les pieds liés à la chaise, il arrive à se lever, l'entraînant avec lui, et tant bien que mal, fonce tête baissée sur le shérif qui ne l'a pas vu venir. Surpris, sa tête heurte avec violence le mur. Il s'écroule. Le criminel, haletant, se penche vers lui, écoute sa respiration. Il vit encore, mais un liquide carmin s'échappe de son crâne. L'appétit de Jack se réveille. Il arrive à sortir de la poche du policier les clefs qui le délivreront des menottes. Accroupi près de sa nouvelle victime, il lèche le sang qui commence à sécher et, dans un élan de folie, il attrape le vieux shérif et cogne sa tête sur le sol avec violence à plusieurs reprises jusqu'à son dernier souffle. Avec ses dents, il arrache la peau de son cou et aspire le sang qui en découle. Le rire tonitruant de Pennet résonne dans la pièce. Repu, il extirpe le portefeuille de Finch de la poche de sa chemise. Quelques billets, la pièce d'identité du shérif, synonyme d'un nouvel avenir sous un nom qui n'a jamais fait entendre parler de lui, il suffira de magouiller la photo…

— Merci, Finch. Je crois qu'une nouvelle vie s'offre à moi.

Jack ouvre la porte des bureaux où il était enfermé. Dans la rue, il n'y a que le silence, la pluie a cessé, personne ne circule.

Il fait vrombir le moteur du Dodge du shérif. Direction la Floride, pour trouver une nouvelle proie, plus vieille, plus riche, plus facile.

Bibliographie d'Agnès Brown :

Un cours de jardinage – *nouvelle, dans le « Recueil de nouvelles confinées », librairie Trait d'Union de Noirmoutier, 2020*

J'en perds mes mots – *anthologie au profit de l'association CLE contre l'illettrisme, Collectif Metamphore, 2020*

Les chocolats ne fondent pas à Noël, les cœurs oui – « Les yeux de l'amour », *nouvelle pour le collectif Romance Addict de JDH Éditions, 2020*

Pur sentiment – *poésies, Éditions Sela Prod, Almanach, 2021*

La vérité des fées – *conte fantastique, Éditions Éclats de Lune*

L'ultimo pauseto – *nouvelles, Éditions Scriptis, 2021*

Spire – *nouvelles, Éditions Épingle à nourrice, 2021*

Les glaces fondent en été, les cœurs aussi ! – *nouvelle «* **Interlude sous les Pins Parasols** *» dans la collection Romance Addict, JDH Éditions, 2021*

Cadavres écrits – *nouvelle «* **Le goût du sang »** *dans la collection Black-Files, JDH Éditions, 2021.*

Sang d'ancre

Par Sylvie Bizien

— Carlos, dos cafés y la cuenta por favor.

Lorsque le capitaine du port m'appelle en ce lundi 14 mars 2011, je termine mon déjeuner au Cormoran, un restaurant typique de l'Équateur avec chaque jour un menu différent, le tout pour trois malheureux dollars. Aujourd'hui, soupe, poisson avec du riz et un jus de papaye pour arroser le gosier. Depuis mon installation aux Galapagos sur l'île de San Cristobal, j'ai testé tous les restaurants avant d'établir mes quartiers au Cormoran. Non seulement c'est le meilleur de Puerto Baquerizo Moreno, mais de plus, il a une belle terrasse et surtout une patronne des plus accueillantes. Quand j'y pense, cela fait déjà deux ans que j'ai quitté Quito. J'aimais la vie à la capitale, les enquêtes se succédaient, meurtres, féminicides, règlements de compte mafieux, viols, on n'avait vraiment pas de quoi s'ennuyer ; à quarante ans, cela m'a coûté un mariage. Quand Carmen m'a largué pour notre voisin de dessous, je me suis dit : « Antonio, tu n'as pas d'enfant, cette séparation, c'est un signe, rentre au pays », et je me suis fait muter aux Galapagos, là où je suis né. À peine 5 000 habitants, tous regroupés à Puerto Baquerizo Moreno, un volcan et surtout une faune que la planète entière nous envie. La vingtaine d'îles constituant l'archipel compte tout juste 30 000 habitants et la capitale est ici, devant le port.

J'arrive justement au bureau du capitaine du port, celui-là même qui a interrompu ma pause déjeuner. J'observe avec amertume la jetée et les restaurants du front de mer. C'est la désolation. Jamais je n'aurais pensé que le tsunami déclenché à des milliers de kilomètres au

Japon par le séisme de Fukushima aurait pu venir ainsi détruire notre littoral. On nous a bien prévenus que la vague atteignait trente mètres au départ, mais on en est si loin. Heureusement, nous ne déplorons ni blessé ni perte humaine. Plus de 10 000 morts au Japon, c'est une autre histoire. Ici, les plages sont défigurées, les vitres des hôtels ont volé en éclats, la mer a inondé les maisons, mais nous avions évacué la population sur les hauteurs et mis les touristes à l'abri. Le capitaine du port avait même vidé le plan d'eau, demandant aux navires mouillés devant la ville de sortir attendre la vague au large. La plupart des voiliers visiteurs ont ainsi appliqué les consignes de manière scrupuleuse, il n'est guère resté que quelques bateaux qui n'ont finalement pas eu de véritables dégâts.

Je monte au bureau du capitaine qui m'attend devant son ordinateur, affichant une mine renfrognée que je ne lui connaissais pas. Il m'explique qu'au lendemain de l'alerte tsunami, il a reçu la visite d'un des jeunes commis de l'hôtel Miconia. Celui-ci, bravant les consignes, est resté dans l'hôtel pendant l'alerte, il voulait voir la vague. La vague, il ne l'a pas trop vue ; en revanche, il a vu la mer se retirer, et ensuite, il a repéré un corps, étendu sur le sable. Le capitaine m'avoue qu'avec la tension autour de la gestion de crise, il n'a pas réellement pris au sérieux ces allégations. Mais ce matin, il s'est mis à visionner les images de la webcam, une envie de voir ce qu'il s'était passé en temps réel. Il me montre alors la vidéo. On y observe, vers 14 h, une poignée de bateaux restés à l'ancre dans le port, malgré l'alerte, trois barcasses de pêche équatoriennes, un zodiac de plongeurs et un catamaran battant pavillon français. La caméra filme sous grand angle et on voit clairement la mer se vider. C'est inhabituel pour le Pacifique, dont le marnage atteint difficilement un mètre. La mer s'en va en découvrant une vaste plage sur laquelle gisent quelques blocs de béton, des bidons de fer et, « mi Dios, mais il dit vrai », on dirait bien un corps gisant sur le sable. Quelques secondes de vidéo plus loin, la mer revient, me laissant dubitatif.

Le capitaine m'observe, ne sachant quoi penser.

— Inspecteur de la Vega, on fait quoi ?

— Je crois qu'il faut rester prudent sur cette affaire, les touristes sont déjà dans tous leurs états avec le tsunami. N'en rajoutons pas.

— On laisse tomber, alors ?

— Non, pas du tout, mais agissons discrètement. Vous plongez, Capitaine ?

— Bien sûr.

— Alors, rendez-vous à 18 h, on va descendre en bouteille de nuit et on en aura le cœur net.

Plonger seul ne m'a jamais dérangé, c'est même un plaisir que j'aime m'offrir de temps en temps, mais la nuit, avec les centaines d'otaries qui rôdent dans le port, il ne valait mieux pas tenter le diable. Nous avons donc partagé l'équipement, le capitaine s'est chargé de la lampe torche et moi de la caméra étanche. Nous avons visionné plusieurs fois la vidéo afin de baliser notre zone de recherche et d'en réduire au maximum son étendue. Cette préparation a porté ses fruits ; en moins de dix minutes, nous avons notre macchabée. J'en ai connu des scènes de crime, toutes plus sordides les unes que les autres, mais là, j'avoue que ça m'a refroidi direct.

Allongé sur le fond, un homme, grand, dans la force de l'âge, les bras en croix autour d'une ancre, la tête complètement défoncée, une plaie béante à la place du visage. Le corps est lesté de deux ceintures de plomb, comme en utilisent tous les plongeurs du monde, la garantie contre une remontée en surface intempestive.

Je filme ces images glaciales tandis que mon acolyte éclaire les lieux. Si je n'avais eu l'estomac retourné par l'horreur de ce que je voyais, j'aurais pu m'imaginer en Ridley Scott tournant son prochain succès du box-office. Le plus horrible pour ce pauvre homme, je n'ose imaginer en effet qu'il ait mérité son sort, c'était de voir avec quel acharnement les crabes se sont mis à le déchiqueter. On décide de laisser là le cadavre et on repart, en croisant au passage quelques otaries, contrariées de rencontrer ainsi deux hommes-grenouilles sur leur chemin, puis on remonte le long de la chaîne. En simple terrien, je croyais bêtement que le bateau était à la verticale de son ancre, mais non, il nous faut longer plus de trente mètres de maillons de fer avant d'atteindre son propriétaire. Pas loupé, il s'agit du catamaran français qui avait décliné la sortie en mer ordonnée par l'alerte, j'en étais sûr.

Arrivé en surface, je filme tous les bateaux alentour, pour l'enquête, et je prends quelques minutes pour mesurer l'ambiance. Il n'y a pas beaucoup de monde en ce début de soirée, plusieurs voiliers ont quitté le port pour rejoindre la Polynésie française, et sur les rares bateaux restants, les marins se sont réfugiés au sec dans les cabines pour échapper au petit crachin qui s'est installé, les cockpits sont tous vides.

Un tsunami et un meurtre dans la même semaine, finie la petite vie tranquille aux îles.

Le jour suivant, c'est l'effervescence sur le port. J'ai ordonné une plongée officielle et le corps est remonté sur l'estacade. Le bureau de police de San Cristobal n'est pas équipé de tous les moyens d'investigations scientifiques, je fais donc transporter le cadavre sur Quito pour l'autopsie. Mes hommes se chargent des premières dépositions et interrogent tous les marins sur les voiliers de passage ainsi que les quelques pêcheurs locaux. Il apparaît rapidement que le corps appartient à un certain Yann Le Bras, un retraité français de 63 ans, ancien architecte, deux fois divorcé et père de trois enfants. Selon son voisin de bateau et ami, il navigue depuis plusieurs années, il a vécu un long moment aux Caraïbes où il a d'ailleurs laissé sa dernière femme, et depuis, il voyage seul. Il semblerait que Yann Le Bras ait changé ses habitudes récemment, il aurait ainsi embarqué deux jeunes tourtereaux, un peu paumés, depuis Panama.

Avant l'évacuation aérienne vers Quito, l'homme a formellement reconnu son ami français, grâce aux vêtements, notamment un polo brodé du nom du catamaran, l'identification du corps est donc enregistrée formellement. J'avise aussitôt l'ambassade de France en Équateur, cette affaire est en train de prendre une tournure internationale qui n'est pas pour me déplaire. À titre personnel, j'ai une affinité particulière pour la France qui me vient de mes origines familiales ; le frère de ma mère est marié à une Française, ma tante donc, une femme formidable dont j'ai toujours été très proche et qui m'a transmis la passion pour sa langue très tôt. C'est comme si le destin avait choisi de m'affecter aux Galapagos, car je dois bien être le seul policier équatorien à parler la langue de Molière.

Me voici donc fort bien renseigné sur l'identité de la victime, il me reste à mettre la main sur les deux équipiers de choc dont toute la ville parle. Visiblement, le bruit courait depuis plusieurs jours que Yann Le Bras était parti en excursion à bord d'une vedette à touristes afin de visiter Isabella, la célèbre île volcanique en forme d'hippocampe dont les sommets dominent une faune constituée de moult manchots et autres flamants roses. Pourquoi un skipper de catamaran aurait besoin des services d'une vedette à passagers pour se rendre à Isabella ? Peut-être, tout simplement, parce qu'il n'a jamais fait un tel voyage et peut-être même qu'il n'en a jamais eu l'intention. Je lance donc mes équipes à la recherche des deux jeunes Français, convaincu que l'opération ne devrait guère durer, nous avons les identités des deux protagonistes qui nous ont été transmises par les services de l'immigration et, de plus, l'île San Cristobal s'étale sur moins de quarante kilomètres de long pour vingt de large, à 90 % inhabitée, un parc naturel, un volcan, une petite ville, ça devrait le faire.

Pendant ce temps, je m'attelle à la lecture du livre de bord du catamaran. Une vraie mine d'or, ce recueil s'apparenterait presque à un journal intime ! Au-delà des écritures nautiques réglementaires, le skipper y a noté bon nombre d'informations qui pourront intéresser mon enquête. Je commence par la fin, la dernière transcription date du 9 mars.

Nous déjeunons au Cormoran avec Gwendoline et Mickaël, ils m'ont invité pour adoucir l'ambiance tendue de ces derniers jours. Ensuite, nous randonnons vers la Lobéria, c'est comme une nurserie de lobos, ces fameux loups de mer, une sorte d'otaries, qui foisonnent dans le port, sur les jupes des bateaux, sur les estacades, et partout dans l'île. En chemin, nous croisons des iguanes et des fous à pattes bleues. Les premiers ont des allures préhistoriques, tandis que les seconds affichent une drôle de dégaine avec un front microscopique, on dirait qu'ils portent le chapeau des gardes royaux anglais. Après une sieste au bord de l'eau, nous faisons un peu de snorkeling avec les otaries, les poissons et surtout les tortues. Les Galapagos, ce sont étymologiquement les îles des tortues de mer. Il y a beaucoup de bébés otaries. Je devine leur manège, ils cherchent leurs mères qui dorment paisiblement sur la plage, mais on voit qu'ils ont du mal à les reconnaître. Les mères, quant à elles, identifient leurs petits à l'odeur, et elles chassent comme des malpropres les autres bébés. Elles leur grognent même dessus sévèrement. Les pauvres se retrouvent à errer en attendant leur maman. J'en repère un qui s'est fait chasser par un troupeau de femelles, sa mère n'est donc visiblement pas dans le coin, je peux m'approcher et le mitrailler de photos et de vidéos. Son regard est si doux. Les images sont réussies, mais elles sont surtout gravées dans ma mémoire. C'est pour vivre ça que j'ai fait tout ce chemin.

Quel poète, ce marin français. Je plonge quelques pages plus avant lorsqu'on me prévient que les deux compères ont été récupérés à l'aéroport, ils attendaient tranquillement un vol pour Quito, loin de l'effervescence du port. Après le tsunami, la plupart des touristes ont dû rentrer chez eux, les dégâts occasionnés aux hôtels ont obligé ceux-ci à fermer, et l'attente pour partir est de plus en plus longue. Je continue donc ma lecture pour m'imprégner des derniers jours de la victime.

Jeudi 24 février
00° N 00, 000

On est désormais dans l'hémisphère sud. Tous les trois, les yeux rivés sur le GPS, c'est le décompte façon Cap Canaveral, 6 5 4 3 2 1 0. On a passé ! Nous venons de traverser l'Équateur cette fameuse ligne imaginaire séparant notre belle planète en deux hémisphères. Comme le veut la tradition du passage de la ligne, nous avons mis nos plus beaux habits, pas question de se présenter devant Neptune en maillot de bain. Mickaël a confectionné une fausse barbe avec du papier et du coton, il a revêtu un paréo et fixé trois fourchettes sur mon épuisette pour en faire un trident. D'une voix exagérément grave, il nous fait la lecture de quelques poèmes honorant le bel océan, puis il nous demande de faire notre offrande. Armé d'une paire de ciseaux, il nous découpe alors à chacun une mèche de cheveux qu'il jette à la mer.

C'était franchement une très belle cérémonie, émouvante ; en cet instant, je suis satisfait d'avoir embarqué ces deux jeunes amoureux. Quand Mickaël m'avait raconté qu'il était de Belleville, ça m'avait rappelé mes années d'étudiant, que de délicieux souvenirs à l'école d'architecture de Paris-Belleville, quant à Gwendoline, elle est si paumée que j'ai envie de l'aider à trouver son chemin dans la vie.

Tout à mon euphorie, je débouche la bouteille de champagne prévue pour l'occasion. C'est la première fois que je bois en pleine mer et je peux attester que les bulles s'apprécient autant qu'à terre, surtout au milieu de l'après-midi, au milieu de l'océan Pacifique, au milieu de la Terre. Gwendoline se plaint de la mèche mal coupée, ce à quoi Mickaël répond que Neptune est un dieu, pas un coiffeur, et qu'il ne faut quand même pas trop lui en demander. Je regrette juste qu'il ait fallu qu'ils s'envoient une ligne de coke après ça. Ils gâchent tout. Je leur ai fait promettre de jeter toute leur came à la mer avant l'arrivée aux Galapagos, ils me font prendre des risques inconsidérés, si les chiens des douanes montent à bord comme à la Martinique, je suis fait.

Cette petite mascarade empreinte de coutume maritime me replonge plus de quarante ans en arrière, lorsque j'effectuais mon Service militaire à bord d'un sous-marin. Pour ma première plongée, j'avais, de la même manière, assisté à une cérémonie dans le respect des traditions de la Royale. Après quelques brimades sans méchanceté, comme on peut en voir dans certains bizutages, le pré-

sident du carré avait procédé à un prélèvement d'eau de mer des profondeurs, ou du moins c'est ce qu'il nous avait affirmé, et ensuite, nous, les novices, avions dû boire un bol de cette eau de mer. C'était bon enfant et j'en garde un très bon souvenir, surtout du bol de vin rouge que j'avais dû engloutir après, je me souviens à quel point il m'avait semblé sucré.

La sonnerie du téléphone me ramène à la réalité et sur la terre ferme. Le corps est bien arrivé à la morgue de Quito. Le médecin légiste promet de rendre ses premières conclusions dès demain. Tout roule. Il m'importe maintenant de résoudre au plus tôt cette enquête avant qu'on en fasse une affaire d'État, et surtout que les médias s'en emparent. Mon équipe s'est chargée d'inspecter le catamaran qui avait visiblement été nettoyé à grandes eaux. Ils ont pulvérisé du luminol et découvert de nombreuses traces de sang un peu partout, même sur les vaigrages du plafond. Une vraie boucherie. De l'hémoglobine dans tous les coins. Le luminol n'altère en rien les prélèvements d'ADN, qui ont donc été réalisés ensuite minutieusement et envoyé au laboratoire de la police scientifique de Quito.

Ce livre de bord me tient vraiment en haleine et je rentre chez moi afin d'en poursuivre la lecture après le dîner. Je suis convaincu d'y trouver les clés de mon énigme. Pizza micro-ondes et je replonge en plein cœur de l'océan.

Lundi 21 février

Le vent baisse progressivement dans la nuit, et au petit matin, c'est la pétole, une bulle sans air que les fichiers météo annonçaient, un classique sur ce trajet réputé pour user davantage les moteurs que les écoutes du génois. J'appelle cela la brise Volvo. Avant de démarrer le bourrin, Gwendoline me demande l'autorisation de prendre un bain, une envie de se décrasser et de faire un peu de sport. Elle m'a fait vivre là la frayeur de ma vie. Elle s'est éloignée du bateau, à tel point qu'à un moment, je l'ai complètement perdue de vue. Mickaël dormait dans sa bannette, je l'ai réveillé pour qu'il m'aide à la rechercher.

Quelle inconsciente ! Gwendoline a nagé plus d'une heure pendant que je me décomposais sur place, je m'imaginais arriver aux Galapagos avec un équipier de moins, une fille que je connais depuis quelques semaines et dont je ne sais finalement pas grand-chose. C'est un coup à finir dans les geôles équatoriennes, mon bon cœur me perdra, tout le monde me le dit, mais là, je vais finir par le croire. Heureusement, elle est finalement rentrée à bord, toute guillerette, elle s'est pris une salve, mais la miss, même pas peur, m'a expliqué qu'elle était championne de France junior de natation et qu'il n'y avait vraiment pas de quoi s'inquiéter. Je n'ai pas manqué de lui rappeler que nous sommes sur l'océan Pacifique, dans une eau poissonneuse, vu qu'on pêche un poisson chaque jour, et qu'il y a donc forcément aussi quelques requins blancs transocéaniques dans le coin.

Décidément, ces deux-là, ils m'auront tout fait.

Je commence à saisir l'ambiance qui régnait à bord de ce catamaran, conviviale, certes, mais en même temps, des comportements agaçants que se permettaient les deux jeunes amoureux, omettant de suivre les règles basiques de sécurité. Quelque part, on ressent un lien paternel du skipper envers ses jeunes équipiers, et parfois même de la mansuétude. Je m'endors, perplexe ; qu'est-ce qui a bien pu se passer à bord du voilier pour en arriver à un macchabée enlaçant son ancre au fond de ma jolie baie si tranquille ? Que serait-il advenu du corps si le tsunami n'avait levé le voile et jeté aux yeux de tous, et surtout du commis et de la webcam, le cadavre défiguré de cet architecte apparemment sans histoire ? Il me tarde d'en savoir plus.

Au matin, je convoque tout d'abord la fille, la galanterie n'y est pour rien, je préfère d'instinct recevoir sa déposition en premier. Mes équipes ont transformé la salle de réunion en salle d'interrogatoire, ils ont installé une caméra pour filmer toute l'entrevue. Lorsque Gwendoline Ferrand, 27 ans, entre dans la pièce, je perçois la frayeur dans son regard. Élancée, maigre même, la peau tannée, elle affiche de grands yeux noisette. De jolies boucles brunes encadrent un visage qui a dû être délicat, mais qui commence à subir les affres des excès en tous genres. Elle a clairement une tête de junkie. Le jugement au faciès, ce n'est pas mon truc, mais j'en sais déjà beaucoup sur cette pauvre femme qui s'assoit fébrilement devant moi. Après les premières questions de routine, je poursuis sur un sujet anodin.

— Mademoiselle Ferrand, pratiquez-vous la plongée en bouteille ?

Elle semble estomaquée par ma question, mais j'ai touché un point sensible, c'est certain. Elle commence à me répondre, presque détendue, puis, finalement, se ravise.

— Non, non. Je ne sais pas faire ça.

— Mademoiselle Ferrand, vous partez sur de mauvaises bases. Je dispose ici du témoignage de Martin, le moniteur du Dive club. Il relate dans le détail une plongée au Léon Dormido, ça ne vous dit vraiment rien ?

La pauvre ne sait plus où se mettre, elle se referme comme une huître, je lui montre le compte rendu du moniteur et, soudain, ses épaules tombent, comme si la pression d'une chape de plomb s'estompait par miracle.

— Reprenons au début. Racontez-moi cette escapade au Dormido, voulez-vous ?

J'ai la sensation que la plongée va me permettre d'installer la demoiselle dans un climat de confiance. Je joue là mon premier atout.

— Que voulez-vous savoir ?
— Tout. Expliquez-moi comment s'est déroulée cette journée.
— C'était il y a une dizaine de jours, il y avait Yann, Mickaël et moi. On a embarqué à bord d'Angelita, une petite vedette. Il y avait aussi le patron du bateau, un guide du parc national et Martin, le moniteur de plongée, et puis aussi les cinq Brésiliens.
— Des Brésiliens ? Et alors, elle était comment l'ambiance, comment ça s'est passé ?
— Les Brésiliennes, elles étaient siliconées, mais elles étaient sympas, elles avaient même apporté des gâteaux pour tout le monde. On a d'abord fait une séance de snorkeling avec les lobos, les iguanes, il y avait des poissons magnifiques. Le guide nous a montré un lobo alpha, un mâle dominant dont il faut se méfier, il avait un harem d'une vingtaine de femelles. On est ensuite remontés à bord, et dans les arbres, sur l'île, on a aperçu des frégates à jabot rouge. Le guide a expliqué que cet énorme goitre

rouge vif permet aux mâles de séduire les femelles, c'est un peu leur Ferrari à eux.

— Ferrari ?

— Oui, un aspirateur à gonzesses, quoi !

— Ah ! Et ensuite ?

— On a atteint le Léon Dormido. Yann voulait à tout prix y plonger, il était bien renseigné. Les Brésiliens sont restés en surface, et nous trois, on est descendus avec le guide, en bouteille, de toute façon, j'en pouvais plus de voir leurs strings.

— Et à part les strings ?

— C'était beau. J'ai vu des requins Galapagos.

— C'est une race endémique et ils font environ un mètre, c'est bien ça ?

— Oui, mais après, c'était carrément fou, on a vu des requins marteaux, au moins une dizaine, énormes, six ou sept mètres, plus encore peut-être. Il y avait aussi des raies, des requins à pointe blanche, des tortues et puis un corail magnifique. C'était grandiose. Quand on est remontés, même Yann a dit que c'était la plus belle plongée de sa vie et pas loin du plus beau jour de…

Elle éclate soudain en sanglots. Bingo ! C'est exactement là où je voulais l'emmener. Cela m'a coûté quelques Kleenex, mais il fallait la faire craquer.

— Mademoiselle, je voudrais mieux comprendre, comment avez-vous rencontré Yann Le Bras ?

— Avec Mickaël, on a vécu plusieurs mois aux San Blas. Vous savez, ce sont des îles devant Panama, mais du côté Atlantique.

— Désolé, je ne connais pas, poursuivez, s'il vous plaît.

— C'était le paradis, on a vécu sur le bateau d'un Américain, un informaticien en retraite qui cherchait du monde pour gardienner son bateau pendant qu'il se faisait soigner aux USA. On n'avait rien à faire d'autre qu'à surveiller le bateau, on était les rois du pétrole. On est restés devant une île qui s'appelle BBQ Island. Il y avait d'autres Américains qui vivaient là aussi à l'année comme nous, et puis, de temps en temps, des voiliers de passage. On était heureux, on plongeait, on faisait de la planche à voile, du kitesurf. J'aimais surtout partager des moments avec les Indiens Kuna.

— Les Indiens Kuna ?

— Des gens comme ça, c'est juste incroyable de les rencontrer. Ils vivent sans eau courante, sans électricité. Leurs maisons sont des sortes de huttes en feuilles de cocotier construites sur du remblai, sur le corail à ras de l'eau. Ils sont Panaméens, mais rares sont ceux qui parlent espagnol. Les femmes confectionnent des molas, des sortes de patchworks, les hommes pêchent et ramassent les cocos. Ils vivent en osmose avec la nature en respectant des coutumes traditionnelles ancestrales. Vous savez quoi, quand j'étais là-bas, je croyais avoir trouvé l'Eldorado du *Candide* de Voltaire.

— C'est si bien ?

— Oui, c'est vraiment le paradis, ces îles, la carte postale, du sable blanc, des cocotiers, des poissons et puis le soleil. Avant ça, moi, je vivais près de Paris, dans une banlieue, au 14e étage d'un immeuble.

— Pourquoi êtes-vous partis ?

— L'Américain est revenu et il nous a chassés, il n'avait plus besoin de nous. Yann est arrivé ce jour-là sur son beau catamaran. Je suis allée le voir, attirée par son pavillon français, je lui ai demandé s'il pouvait au moins nous amener jusqu'à Colon, au Panama.

— Vous vouliez rentrer en France ?

— Je n'en sais rien, à ce moment-là, Mickaël voulait rentrer, mais moi, je ne savais pas trop. Yann, il a accepté facilement, c'est un chic type. De suite, on s'est bien entendus, il faut dire qu'on faisait tout pour aider. Moi, je faisais la cuisine, le ménage et la pêche. Mickaël bricolait avec Yann, il y a toujours un tas de choses à faire sur un voilier, ils étaient incroyablement complices, tous les deux, presque fusionnels même. Je n'avais jamais vu Mickaël aussi enthousiaste, fort de la confiance que lui accordait Yann ; progressivement, il s'écartait de tous ses démons.

— Vous l'aimiez bien, Yann Le Bras ?

— Yann, c'était comme un père, en moins violent que le mien.

— Et arrivé à Colon ?

— C'était horrible là-bas, on était au mouillage devant un club nautique, et pour sortir en ville, il fallait passer devant un gardien armé carrément d'un fusil à pompe ! L'hallucination totale ! Yann nous avait interdit de nous promener à pied, il fallait systématiquement prendre le taxi pour le moindre déplacement, tellement c'est mal famé, Colon. On a aidé Yann à accomplir les démarches administratives liées au passage du canal, c'était ubuesque. Yann a dû faire un virement de son compte bancaire français vers la banque panaméenne. Ensuite, on est allés tous les trois à la banque chercher les 2 000 $

en liquide qu'il a fallu déposer au bureau du canal, à quelques centaines de mètres. On a été obligés de reprendre un taxi pour faire ce trajet. J'avais l'impression que tout le monde nous observait, avec nos dollars.

— Et après, vous êtes restés sur le bateau de Yann Le Bras ?

— Pour traverser le canal de Panama, il faut le skipper, un pilote officiel de l'organisation du canal, et aussi quatre équipiers. C'est obligatoire, alors Yann nous a demandé de rester et, finalement, arrivés à Panama City, il a même accepté qu'on continue notre route ensemble. Yann, il voulait faire le tour du monde, rien que ça.

J'ai décidé d'abréger l'interrogatoire. Mon instinct me dicte qu'il faut protéger cette fille. Il est clair qu'elle est bien éduquée, son langage est évolué, mais en même temps, elle est complètement paumée. Elle se cherche, mais elle est respectueuse de l'ordre, et elle semble attachée à la victime. Je préfère donc interroger son homme. Aujourd'hui, c'est le jour de congé du Cormoran, alors je déjeune exceptionnellement chez Fernando. Je convoque ensuite Mickaël Petit, 25 ans, le malnommé, il doit bien faire son mètre quatre-vingt-dix. Comme je le pressentais, l'ambiance n'est pas du tout la même qu'avec sa compagne. Il s'installe, nerveux, le regard fuyant, silhouette athlétique, muscles saillants. Quand je lui demande de raconter ces dernières semaines, j'entends un tout autre discours. À croire qu'ils n'étaient pas tous sur le même bateau.

— Pourquoi dites-vous que Yann Le Bras est d'un tempérament violent ?

— Oh ! Ça a commencé pendant la traversée du canal. Yann avait engagé les services de Tito, c'est un agent du canal, mais pas un agent officiel, vous voyez c'que j'veux dire.

— Non, mais continuez.

— Pour transiter le canal, il fallait deux autres gars, un ami de Yann devait venir avec sa femme, mais ils se sont décommandés le jour de la traversée, alors Tito a dégoté deux liners en urgence, on les appelle comme ça parce qu'ils tiennent les lignes d'amarrage. C'étaient d'anciens délinquants qui cherchaient à s'en sortir, la bande à Tito. Des cas, j'vous dis pas. On a appareillé en direction du canal. Le pilote a embarqué dans son bel uniforme. On a alors commencé à entrer dans la première écluse de Gatun, il y en a trois en tout. On était au milieu de l'écluse, juste derrière un gros pétrolier, le Maerks Élisabeth. Immédiatement, les linehandlers sur le quai nous ont lancé des messagers avec, au bout, de petites toulines que l'on appelle les Monkey fist, les poings de singe.

Ma parole, il me fait carrément un cours de navigation dans les écluses. J'ai le droit aux moindres détails. Intéressant, peut-être, mais il m'emmène bien loin de mon enquête sur un meurtre. Je visualise en pensée ce cadavre gisant au fond de l'eau. J'hésite à interrompre la déposition, et puis, finalement, je préfère laisser mon suspect m'embarquer dans son voyage. Cela me semble encore le meilleur moyen pour qu'il se prenne les pieds dans le filet.

— Nous étions maintenant amarrés aux deux bords de l'écluse par les quatre coins du bateau. Les portes se sont refermées sur l'Atlantique et le niveau de l'eau est monté très vite, il fallait qu'on reprenne la tension des aussières au fur et à mesure. La porte s'est ouverte et on a avancé vers Gatun II. C'est là que ça a commencé à foirer. En fin de manœuvre, le cargo devant nous a envoyé la sauce d'un coup, cela nous a fait des remous d'enfer et le liner de Tito, à l'arrière-bâbord, pas très pro le mec, il a carrément tout lâché, le catamaran est parti de travers. C'était la débandade. On s'est rapproché dangereusement de la muraille de l'écluse, j'ai cru qu'on allait se fracasser, il restait à peine trente centimètres ; heureusement, Yann a réussi à redresser le bateau en jouant avec les deux moteurs, un pro ce mec ! Les portes se sont refermées et Yann est alors devenu fou, il a pris le liner par le colback, j'ai cru qu'il allait le tuer et le jeter à l'eau. J'vous jure, en cet instant, j'aurais tout donné pour débarquer.

— Et après ça ?

— Il s'est calmé, on a passé Gatun III sans encombre, et à 21 h, on a longé le nouveau canal en construction, puis on s'est amarré à une grosse bouée pour la nuit. Le pilote a débarqué sur une pilotine venue le chercher. Yann a carrément obligé les deux liners à dormir dehors, sa colère n'était pas retombée. C'était très beau, ce lac Gatun, c'était calme, pas un souffle de vent, mais alors un bazar, je n'ai pas pu fermer l'œil de la nuit. Il y avait le bruit des tractopelles et des engins de chantier, ils ont bossé toute la nuit. De temps en temps, des sirènes retentissaient, c'était insupportable. Vers 5 h, il y a eu une trêve et j'ai entendu du bruit sur le pont, Gwendoline était sortie fumer, j'ai voulu voir si ça allait. C'était encore l'enfer, les singes avaient pris le relais, ils poussaient des cris comme des fantômes, hou hou hou. Gwendoline m'a alors raconté que Yann avait essayé de la draguer, j'vous dis, il était en train de péter un câble.

— Et ensuite ?

— À 6 h, un nouveau pilote est monté à bord, on a navigué au moteur pendant une vingtaine de milles et plus de trois heures sur le lac artificiel. L'atmosphère était étrange, tout était vert, les arbres affleuraient au ras de l'eau car, avec les écluses, le niveau est monté de vingt mètres par rapport à l'origine. Avant midi, on a atteint Pedro Miguel Locks, cette fois, l'eau descend, alors les liners doivent laisser filer doucement les aussières, histoire de ne pas rester suspendu aux murailles.

C'est pas vrai ! Il recommence sa leçon, j'y crois pas. J'ai rarement vu un gars soupçonné de meurtre raconter ses aventures en plein interrogatoire de manière aussi volubile. Il faut un début à tout, mais c'est surprenant. Je vois bien qu'il veut me démontrer combien la victime était nerveuse et agressive ; pourtant, j'ai du mal à le croire. Cela ne correspond pas aux témoignages des autres marins en escale ni aux éléments que j'ai reçus de ses ex-compagnes en France. En revanche, j'ai bien compris que le passage du canal de Panama est plutôt coton. Je le laisse poursuivre, il va bien finir par se confondre.

— C'est ensuite, en entrant dans Miraflores locks, que ça a recommencé à merder. On se présentait bien, mais c'est encore un cargo, orange cette fois, qui a démarré sa propulsion, on a pris les remous de plein fouet et on a été déportés. On a bien failli se prendre la porte de l'écluse. Un coup de Volvo et Yann a repris le cap de justesse. Mais là, il a encore vrillé, il a piqué une crise car il avait demandé au pilote d'annoncer notre arrivée pour éviter ce genre d'incident. Il a donné un grand coup de poing dans un panneau et s'est ouvert la main, il y avait du sang partout dans le cockpit, c'est un dingue ce mec. On est sorti de Miraflores, on est passé sous le pont des Amériques, nous voguions sur le Pacifique, mais l'ambiance était belliqueuse.

— Alors pourquoi vous n'avez pas débarqué ensuite ?

— C'est Gwendoline, elle voulait partir à Tahiti et Yann était d'accord, tu parles, il voulait se la faire, c'est tout !

— OK OK, et l'autre jour, il s'est passé quoi ?

— Quand ça ?

— Ne tourne pas autour du pot, on a retrouvé Yann Le Bras accroché à son ancre par huit mètres de fond.

— Oui, on m'a dit ça, je ne sais pas moi, il a dû tomber à l'eau.

— Quand on tombe à l'eau, comme vous dites, on porte rarement deux ceintures de plomb, de quoi lester un cheval, et on ne finit pas les bras en croix sur son ancre.

— J'en sais rien moi, c'est vous l'expert !

— Vous êtes plongeur, Monsieur Petit ?

— Non non.

Décidément, c'est à nouveau la plongée qui me permet de prouver à mon interlocuteur que sa déposition est un mensonge éhonté. Il est grand temps de changer de braquet, simulant la colère, je hausse le ton, je veux que Mickaël Petit comprenne que je ne suis pas dupe et que son petit manège a assez duré.

— Arrêtez de me mener en bateau. Je suis en liaison avec le Dive club, vous êtes même un excellent plongeur selon ses dires, et apnéiste de surcroît.

— Mais c'est sa faute aussi, fallait pas qu'il touche à Gwendoline !

— Il a encore essayé, c'est ça ?

— Il l'a violée, Monsieur l'Inspecteur, je suis arrivé, il était sur elle, j'ai pas supporté, je l'ai poussé, il est tombé et il est mort, c'était de la légitime défense, je voulais pas le tuer, c'était comme un père pour moi, encore j'dis ça, moi, j'ai jamais eu de père.

— Arrêtez votre cinéma, vous venez de dire qu'il était violent, et maintenant, vous l'aimiez comme un père. Pourquoi n'avez-vous pas prévenu la police, alors ?

— Je sais pas. Gwendoline pleurait. Je ne savais pas quoi faire. Il y avait du sang. J'ai pas réfléchi. J'ai voulu ne plus voir tout ça. Il était tard. Tout le monde dormait dans le port. Je me suis mis à l'eau avec le corps de Yann, j'ai plongé en apnée et je l'ai coulé avec les ceintures de plomb.

— Pourquoi vous n'avez pas laissé le corps dériver avec le courant ?

— Je voulais qu'il disparaisse, mais dans le port, le courant tourne dans tous les sens, j'avais peur qu'il s'accroche à un bateau.

— Et après, vous alliez voler son catamaran ?

— Non non, j'étais perdu, je ne savais pas quoi faire, mais de toute façon, je ne sais pas naviguer et encore moins sur un voilier.

— Votre compagne m'a dit que vous aviez vécu plusieurs mois sur un bateau, pourtant.

— Oui, c'est vrai, mais on n'a fait que du mouillage, je ne sais rien faire sur un voilier, il faut toujours qu'on m'explique les manœuvres.

— Hier, vous alliez partir en avion ?

— C'est le tsunami qui a tout fait foirer.

— Pourquoi ?

— On nous a demandé de quitter le port avec le catamaran, mais je ne sais pas faire ça, moi, je ne pouvais pas relever l'ancre, vu que Yann… le cadavre, tout ça, et puis, je ne sais pas naviguer, alors on est restés à bord, mais on avait la trouille au ventre. Le tsunami est passé, mais finalement, ça l'a fait, on a un peu touché le fond, mais sans choc. Ensuite, on a voulu partir, mais tous les avions étaient complets, on s'est fait coincer.

Je suis alors interrompu par mon assistant, une première expertise vient de tomber du bureau du légiste. Je mets donc en pause cet interrogatoire pour prendre connaissance de l'avis de l'expert. Le médecin est affirmatif. L'homme n'est pas mort noyé, il n'avait pas d'eau dans les poumons. La cause du décès est imputée à des coups répétés sur le visage et le sommet du crâne à l'aide d'un objet dont le tranchant serait un plat d'environ trois centimètres de diamètre, en forme d'étoile à dix branches. J'ai aussitôt pensé à un marteau, mais avec un profil dentelé comme un engrenage. Mais c'est quoi cette arme du crime ? Je compte sur la nuit pour porter conseil et je décide d'ajourner les auditions. Mon macchabée est décédé d'une hémorragie cérébrale sous les coups multiples d'un engin des plus insolite. Affaire à suivre.

Au réveil, j'ai les idées plus claires, j'envoie une équipe perquisitionner à nouveau le catamaran avec le dessin du légiste représentant le profil de l'objet. Il me faut l'arme du crime. Je reprends l'interrogatoire de Gwendoline. Pour attaquer en douceur, je lui demande d'expliquer leur arrivée à Panama City. Elle me décrit la ville, un petit

New York, des gratte-ciel somptueux dont l'un est torsadé comme un scoubidou géant et un autre est en forme de voile de bateau, les architectes rivalisent d'ingéniosité ; d'ailleurs, Yann le Bras aurait lui-même contribué à certaines constructions. Elle m'explique comment Yann les a enrôlés pour faire un gros plein de courses au marché. Le chauffeur de taxi était un descendant d'un Français mort, comme 20 000 de ses compatriotes, pendant la construction du canal, les ravages de la maladie. Ils ont fait un plein de frais au marché aux légumes, servis par un indien Kuna. Ensuite, Gwendoline et Mickaël ont fêté la Saint-Valentin sur une terrasse devant la plage.

D'après ce qu'elle me raconte, l'ambiance avait l'air sereine, bien loin des violences évoquées par Mickaël Petit. Je décide de tenter une technique de choc et je l'interromps brutalement.

— Racontez-moi quand il vous a forcée.

— Quand il m'a forcée à dire quoi ?

— Gwendoline, je vous demande de me parler de Yann Le Bras, vous lui plaisiez ? Il vous draguait ?

Je la vois se décomposer. Blanche comme un cachet d'aspirine. Au bord de la syncope.

— Racontez-moi, Gwendoline, il était violent, il vous a forcée ?

— Qui ça ?

— Mais Yann Le Bras ! Il vous a violée, c'est bien ça ?

Elle éclate à nouveau en sanglots. Je lui allume une cigarette et je reprends avec douceur :

— Expliquez-moi, Gwendoline, ce n'est pas votre faute tout ça, vous vouliez juste vous défendre.

— Non… non, vous ne comprenez pas.

— Il vous a violée, vous vous êtes débattue, Mickaël est arrivé, il vous a sauvée, c'est tout !

— Euh… Oui, oui, c'est bien ça.

— Et Yann Le Bras, il est tombé.

— Oui, il est tombé.

— Il est tombé sur…

— … sur le coin de la table du carré.

— Vous en êtes sûre ?

— Oui, c'est ça, il est tombé… Il était si gentil, il est tombé, il est mort, je l'aimais bien Yann, il était si gentil.

— Gwendoline, je ne comprends pas. Il était gentil ? Un homme qui venait de vous violer !

Cette fois, c'est gagné, elle craque. Toutes ses défenses viennent de s'effondrer comme un château de cartes. Je prends le temps de faire défiler les photos que mon équipe vient de m'adresser, c'est une manivelle de winch, un objet culte du nautisme avec un embout en forme d'étoile à dix branches. J'ai mon arme du crime. Je fomente ma nouvelle stratégie, ça y est, je vais porter le dernier coup, et il sera fatal.

— Gwendoline, franchement, un homme comme lui, un homme comme Yann Le Bras, un père de famille respecté, jamais il n'aurait osé porter la main sur vous, il vous considérait comme sa propre fille !

— Oui, il avait du cœur, il nous a donné tout son amour, et Mickaël aussi le considérait comme son père, il lui avait accordé sa confiance, c'est pour ça qu'il n'a pas supporté.

— Pas supporté quoi ?

— Mardi soir, on a fait la fête pour le Mardi Gras, en ville, et en rentrant à bord, on a pris des trucs, vous savez.

— Cocaïne ?

— Oui, c'est ça, on était complètement stones, et quand Yann est rentré, ça l'a mis furax, il a dit qu'il ne voulait plus nous emmener à Tahiti, qu'on était des parias, qu'on était trop dangereux pour lui, pour son bateau, pour son tour du monde. C'est aussi à cause d'une fois où j'ai nagé loin du bateau et surtout à cause de la dope, alors Mickaël, il a, il a…

Je lui montre alors la photo de la manivelle. Échec et mat.

— J'ai pas pu l'empêcher, Monsieur l'Inspecteur, il l'a tapé, tapé, encore et encore, ça n'en finissait plus, il y avait du sang partout, j'ai pas tenu le choc, j'ai crié et puis je me suis évanouie.

— Et ensuite ?

— Je me suis réveillée, j'avais une plaie au bras, sûrement en tombant contre la cuisinière. Mickaël s'est approché de moi, il était trempé, j'ai compris qu'il avait jeté Yann à l'eau, il était blessé lui aussi. On était défoncés, on ne voulait pas du tout que ça finisse comme ça, je vous jure, Monsieur l'Inspecteur.

Elle m'évoque les jours pénibles qu'elle a vécus depuis la mort de Yann, les cauchemars à la simple pensée du cadavre gisant huit mètres sous le bateau, agrippé à l'ancre, les mensonges aux bateaux voisins quant à l'absence soudaine du skipper. Et ce sang, tout ce sang dans la cabine qu'il a fallu nettoyer. Et là-dessus, le tsunami les a empêchés de fuir, les contraignant à cohabiter avec le macchabée.

Je regagne mon bureau avec la satisfaction du devoir accompli quand un de mes gars entre en trombe.

— Lisez ça, chef, c'est du lourd !

Il me tend alors le rapport du labo. Je survole en diagonale les premières lignes, un charabia bien trop technique pour moi, et je passe directement à la conclusion.

Les analyses multiplex des STR permettent d'affirmer que les échantillons d'ADN relevés appartiennent à trois individus différents, deux personnes de sexe masculin et une femme. Le marqueur TH01 est présent chez les deux hommes à un niveau permettant d'établir un indice de marqueurs communs à 99,99 %.

Bibliographie de Sylvie Bizien :

Les Yeux de Luna – *roman autoédité, 2014*

Quatre en quatre temps – *roman, collection Drôles de Pages, JDH Éditions, novembre 2020*

Cadavres écrits – *nouvelle* **« Sang d'ancre »**, *de la collection Black-Files, JDH Éditions, 2021*

Collectif féminin – *JDH Éditions, à paraître.*

Ça porte malheur

Par Franck Antunes

Il faudra bien que je me confesse.

Ce n'est pas facile d'être adopté. Je sais que je suis redevable de tout, mais cela n'excuse rien. Ni lui ni moi ne ferons rédemption. Ce n'est pas parce que je viens de la rue qu'il devait me traiter ainsi. Non. Non ! Bien sûr que je restais sauvage malgré les années et les bons soins, malgré l'habitude et les caresses. J'avais ça ancré en moi. Ces envies de rage et de découvertes, ces insoumissions, ces grognements. Quand ils m'ont recueilli, je chapardais déjà dans les rues, je ne savais plus qui étaient mes géniteurs. Quelques diables, sûrement. On est comme ça dans la famille, je suppose. Je n'étais pas malheureux, en ces temps-là, on ne pouvait, ne sachant ce qu'était le bonheur. C'est tout ce dont je me souviens du moi d'avant. Je ne sais pas si j'ai oublié ou s'il n'y avait rien d'autre à savoir.

Eux étaient un vieux couple. De ces couples de pavillon à l'orée des banlieues, sans histoire, sans enfant de sang, sans amis, à peine des connaissances (le boucher, le marchand de saison, les collègues de travail se sont depuis longtemps évaporés), sans rêves plus grands que les alentours ou imprimés en couleurs fanées sur les cartes postales, à la télé sans couleur toujours allumée, et le tic-tac lancinant d'un temps qui passe, parce qu'il faut bien que quelque chose se passe, avec une croix aussi et ce supplicié dessus, ça devait les inspirer… Si peu d'humanité à concéder, quelques engueulades avec jets de pantoufles et insultes à mi-voix. Une violence contenue pour se donner de l'importance. Les quelques sourires grincheux aux voisins étaient une monnaie pour acheter une sociabilité.

Il y avait un jardin aussi, c'est beau un jardin, ça vit, ça sent, ça appelle, ça tente. J'y allais et j'explorais, je m'égarais en m'aventurant à côté, jusqu'à me perdre dehors. Je revenais dans la nuit, je crois. Ils étaient morts d'inquiétude, allez savoir pourquoi. Moi, je n'ai jamais su. Quand un homme a peur, il devient violent. Le vieux gueulait et me balançait tout ce qui était à portée de main, chapeaux, chaussures, et les divers ustensiles de cuisine ; les soirs de flambées, c'étaient des variétés de bûches qui défiaient les lois balistiques, tisonnier compris. J'étais jeune, j'évitais. La vieille me protégeait en pleurant, en me parlant. Puis elle passait de longues soirées à me consoler pour que je la console de lui, du monde qu'elle redoutait sans le connaître, de la solitude envahissante, de la vieillesse qui se répandait en maladie sur son corps. Elle ne disait rien, nous échangions peu, mais je le sentais bien.

Et puis elle est morte, comme ça, un jour ou une nuit, je ne sais plus. Je crois que j'étais triste, en tout cas un peu perdu. Sa chaleur me manquait jusqu'à son odeur.

Le vieux s'est replié sur lui-même en me fixant du matin jusqu'à la sieste et du cauchemar jusqu'au soir. Un peu comme si j'étais son unique lien avec les vivants, mais qu'en même temps, c'était ma faute. Ma faute de tout ça, ma faute de lui. À l'improviste, il maugréait et me lançait une de ses chaussures. Je ne pouvais me défendre (je savais qu'il ne fallait pas, j'étais trop petit), sursautant par le barouf contre le meuble ou le grelot du truc heurtant le sol. Puis il a cadenassé la maison pour que je ne sorte plus. Il ne m'écoutait pas geindre de sa décision, mais m'entendait ! Ah ça oui, il m'entendait ! À chaque son, il se jetait sur moi ou m'envoyait un projectile. Je suis devenu son souffre-douleur. Même la bouffe s'est faite plus rare. J'avais faim, j'avais peur, je n'avais plus rien comme avenir, plus de liberté, aucune écoute, mes implorations ne trouvant en écho que la violence.

Je tentais de me venger, à chacune de ses absences, je m'en prenais à ce à quoi il tenait le plus. Son journal que je déchirais, ses pantoufles que je mettais en morceaux, sa bouteille que je faisais chuter de la table, les rideaux que je lacérais, le lit en lambeaux.

Le tisonnier fut ma terreur. Je me cachais en insécurité après chaque bêtise. Son retour était toujours titubant, agrémenté de cris rauques, de tapages à toute heure. Puis, d'un silence de démon, quelques bruits métalliques, une recherche qui s'organise. La silhouette lourde hantait les couloirs, bringuebalait dans l'escalier, se heurtait en cris étouffés aux meubles, l'objet en main. Saloperie d'engin ! Et il gueulait mon nom pour que je rapplique, ce qui me rendait mort d'effroi, je me cachais au gré de ma frousse dans les endroits inaccessibles. Sous le lit pour qu'il se baisse lentement en grinçant. Dans le grenier pour qu'il monte d'où il pourrait tomber. Les meilleures planques étant les plus risquées, elles se trouvent toujours entre trois murs, un sol, un plafond trop bas, dans le noir, la poussière, avec des envies de bouger à combattre, dans une somnolence effrayante, en fixant écarquillé la seule entrée possible, en dressant l'oreille sur les bruits, tentant d'évaluer leur progression en tremblant, paniquant a contrario d'un silence. Jusqu'à ce qu'un rai de lumière s'expanse d'une fente lugubre. Doucement, il furetait comme un chien de chasse, en balayant l'espace d'un regard invisible, sous l'effet du souffle court et fétide... jusqu'à ce que l'outil métallique redouté s'agite et brasse l'air de sa menace. Alors, il me fallait d'un sursaut de survie me blottir, contracter les muscles et gueuler pendant que les coups pleuvaient. Gueuler libère l'énergie, remplace la peur par la violence et fait monter l'adrénaline pour tenter une sortie ou transformer son corps en armure, au choix, ou un peu des deux. Cela ne durait pas longtemps, l'endurance du bonhomme n'étant pas celle de Samson, le bourreau de formation ; tandis que sa patience se révélait plus limitée que celle du marquis de Sade. Ceux qui prennent vraiment plaisir à la souffrance doivent savoir l'intellectualiser, s'en délecter en prenant leur temps, être en bonne forme physique pour ne pas se faire submerger par la violence qui détériorerait trop la victime et gâcherait les moments à venir. Savoir en sourire aussi, pour goûter à cette toute-puissance et prendre le recul qui permet de viser là où ça fait mal pour se faire du bien. Le vieux était dans la spontanéité comme si l'action le débordait. Pulvérisant les digues de vertu pour faire jaillir le monstre vengeur installé dans le bide.

Le déchaînement me laissait chaos. Bouleversé, sans queue ni tête, dans un corps douloureux à consoler, avec des troubles cognitifs, aurait dit un psy. Alors surtout complètement désorienté. Le corps peut résister à tellement de chocs et de violences, à des cris, des douleurs. Il suffit de crisper la peau, se protéger, et attendre. Se concentrer sur le moment d'après, lorsque ce sera terminé, éliminer l'instant présent, se rendre inconscient. Pour oublier d'autant plus vite, autant qu'en emporte le vent. Et puis quelques cajoleries, des promesses à voix douce, lécher patiemment les plaies font l'affaire.

Les seules traces restent dans la tête, par le décalage du monde autour qui reste paisible malgré la rage qui s'est abattue. Par la tempête qui n'a laissé aucune trace sur les autres, sur les murs, sur le temps, dans un quotidien morne à l'eau coulant lentement. Cette dichotomie est destructrice de repères.

Quand un tsunami s'abat sur une ville côtière, même les animaux savent quoi faire, ils sont pris dans l'ensemble de la désolation. Survivre, retrouver les siens, reconstruire pour se protéger. Et tous, tout autour, le font. C'est triste, douloureux, mais ça se partage et chacun sait comment. Il suffit de regarder son prochain, la mer qui se retire, ou les enchevêtrements qui cahotent déjà.

Une violence domestique ne dit rien aux autres, n'influence aucun paysage, ne transforme pas la foule. Le monde n'est jamais convaincu de votre souffrance, elle nous rend incrédule de nous-même. Quoi ? C'est à moi que c'est arrivé ? Ça ne peut se reproduire ! Pas à moi. Plus à moi. C'était un accident. Un accident d'une histoire. Une trappe dans une vie. Que s'est-il passé, d'ailleurs ?

D'autant plus qu'il n'y a pas de témoin pour montrer du doigt. Personne pour accabler du regard. Ni prendre parti. Et vous ne pouvez vous aider de quiconque pour prendre du recul sur l'évènement. Ni l'enregistrer comme un greffier des petits malheurs.

Ça aurait pu rester comme ça, jusqu'à, je ne sais pas moi, jusqu'à la mort de lui, de moi, de tous les autres qui n'ont rien fait ; et rester dans le silence de la décomposition des corps jusqu'à ce qu'ils s'évaporent pour rendre cénotaphe cette prison familière.

C'est à ce moment que je l'ai croisé. Ce chat noir dans le noir de la buée de la fenêtre.

Lilith.

Je ne sais pas pourquoi je l'ai appelée comme ça. Elle avait un air démone, et puis c'étaient les ténèbres, vraiment aucune lueur, avec un froid mouillé dans un crachin de pluie. Ça porte forcément malheur. Enfin, j'espère. Alors, c'est devenu l'heure de Lilith. J'ai d'abord vu deux agates sombres furtives et chercheuses. Mais vides. Le pourtour s'est lentement rempli de poils drus, les yeux sont devenus expressifs. Elle m'avait trouvé. Personne n'aurait pu me trouver sans me chercher. Je n'étais rien, presque sans existence. Elle m'a reniflé, c'est sûr. Sans étonnement, son regard s'est figé, ses muscles se sont tendus imperceptiblement, le corps dégoulinant d'une eau noire rendue pétroleuse par l'intensité du temps s'est mis à gonfler sous l'effet de la condensation.

Que voulait-elle ? Que diable !

Moi. Puisqu'il n'y avait que moi. Nous sommes restés à nous observer dans l'électrification de nos regards. Et j'ai bien vu, oui, c'est certain, je l'ai bien vue agir en ressentant puissamment le message. Elle m'a jugé. Implacable jugement, promettant l'enfer à l'un des deux. À lui comme juste sentence pour ses méfaits, à moi comme punition si je continuais à accepter ça. Elle n'a pas sonné la révolte, ne m'a donné aucune haine, encore moins de force, pas même un déclic. Juste une sentence, me nommant bourreau.

Avec un choix, pour ce soir.

L'instant d'après, elle n'était plus là. Elle n'avait pas besoin de vérifier l'exécution de l'ordre, elle savait bien ce qui allait se passer. Quelquefois, un animal peut tout comprendre, comme un envoyé du destin, un augure bien mauvais…

Un animal… Je ne suis plus si sûr. Raison de plus.

J'ai attendu, comme assoupi, que le vieux dorme. Je connaissais son heure, il me fallait le rassurer, c'est-à-dire établir ma présence à bonne distance. Je reconnus le bruit régulier et lent de son ronflement, j'ai attendu qu'il soit profond, lourd comme ces machines à vapeur qui éructent au-dehors à heures fixes.

ron-tchi-ron-tchi

Je me suis faufilé patiemment dans le noir jusqu'à frôler la masse de son corps pour me repérer, puis remonter jusqu'à l'origine du souffle, enfin, juste au-dessus. Les yeux.

Pour les crever !

Sans un soupçon d'hésitation, comme un instinct longtemps perdu et qui jaillissait avec l'hémoglobine. Se nourrissant du sang et du son de l'affolement des cris ! Ses bras s'agitaient de douleur et me cherchaient en m'implorant, ils battaient l'air pendant que je frappais, je sentais sa bave dégouliner de rage et de peur sur son torse collant, innervant mes insoupçonnées ressources bestiales.

Frappe ! Frappe ! Mets en morceau ce corps ! Qu'il n'y ait plus de répondant, juste un vague remords ou une libération devant cette viande inerte ! Je criais, gavé par l'adrénaline du défoulement et de la délivrance, gorgé de ce plaisir immonde à tuer, envahi de ce sentiment bizarre qu'est la cruauté.

Je criais ! Je criais ! Je criais !

Vint le moment où je n'entendis plus que moi… Sans le savoir, je m'arrêtai pour observer. Tâtant le corps, le bousculant, mais rien.

Plus rien.

Il était mort.

Et moi, plus tout à fait vivant.

Je m'enfuis me prostrer pour attendre, à moitié assoupi, comme ivre.

Je ne sais combien dura ma fatigue, je n'avais plus de notion de quoi que ce soit. Plus tard, dans mon refuge, je les entendis. Des bruits d'hommes nombreux, équipés de matériels qui cliquetaient, une porte qu'on force, pour un déferlement d'uniformes dans la petite maison, assaisonné de paroles saugrenues, puisqu'il n'en existe aucune de censée dans cette situation.

Bon Dieu, Chef ! Mais qui a pu faire ça ?!

Ne touchez à rien !

Madame, ne rentrez pas, c'est une scène de crime. Occupez-vous d'elle.

Vous avez vu ce merdier…

Mais qu'est-ce qui peut faire ça ?

Un animal, peut-être ?

Il n'y a pourtant rien de sauvage dans les parages.

Pas de traces d'effraction.

Faites gaffe ! La bestiole doit encore rôder.

Du calme !!

Du calme.

Hey ! Mais où vas-tu, toi ?

Doucement, c'est un chat terrorisé.
Il a filé à une vitesse !!
L'instinct de survie.

Tu crois que ça pourrait être lui ? …

Le temps qu'ils imaginent une réponse et le chat était dehors, au-dessus de tout jugement, innocent par la nature de mes grands yeux. Ils n'ont jamais vu un chat tuer un vieil homme.

Ils ne me connaissent pas.

Je suis pourtant un chat noir… tout le monde sait que ça porte malheur. Je tiens cette vérité de Lilith, cette diablesse…

Ce soir, comme tous les miens, je ferai partie de la nuit, personne ne m'attrapera, personne ne me poursuivra, je serai demain à peine une manchette dans un journal à sensation, triste déclencheur d'un hochement d'incrédulité au lecteur qui n'aura lu que le titre.

Mais qui s'effrayera quand j'irai d'un miaulement à confesse.

Bibliographie de Franck Antunes :

Trilogie :
« 3 » – *Éditions Maïa collection Fantaisies, 2019, en réédition chez JDH Éditions, collection Magnitudes, 2021*

D(i)EUX – *JDH Éditions, collection Magnitudes, 2020*

UNE – *histoire d'amour, à paraître chez JDH Éditions en 2021, collection Magnitudes.*

Stupeur et Confinements – *«* **Le journal d'un Franck »**, *nouvelle dans le collectif de JDH Éditions, 2020*

Nos violences conjuguées – *«* **Natacha »**, *nouvelle dans le collectif de JDH Éditions, 2020*

Bouses de Mammouth – **« L'École ouverte »**, *texte dans le collectif de JDH Éditions, 2021*

Préface *du* **Diable au corps** *de Raymond Radiguet – collection Les Atemporels, JDH Éditions, 2021*

Le critique des critiques – *pamphlet à paraître chez JDH Éditions, collection Uppercut.*

Ymowgl[1]

Par Jean-Hughes Chevy

[1] Clin d'œil à Rudyard Kipling.

Novembre 2035

« Le coup de la panne. Mon ami, jamais je ne vous aurais cru capable de pareille ignominie ! »

Vaincue, alanguie, le regard perdu dans les étoiles, sa passagère se lamentait d'une voix doucereuse.

Ignace Courbelot avait absolument tenu à faire découvrir à Gertrude de Monballet, sa partenaire préférée aux jeux de rôles, les merveilleuses forêts de Sologne en automne. Aussi l'avait-il persuadée de poser un week-end de congé à Thanksgiving, période à laquelle les aléas climatiques permettaient d'espérer ces délicieuses teintes rousses si délicatement assorties à la peau laiteuse de Gert, et qui donnaient tant d'attrait aux feuillus continentaux. Cela sans négliger la gastronomie, car ils avaient prévu de déjeuner – sanglier pour lui, faisan pour elle – à l'une des meilleures tables de la région. Pour le vin, il hésitait encore entre Chinon et Saint-Nicolas… Quand soudain : sonneries, voyants rouges, arrêt ! La centrale de bord eut juste le temps de parquer la voiture sur le bas-côté. « Malfonction critique », ânonnait la voix monocorde qui sortait du tableau de bord. Leur cabriolet aérotranslaté du dernier modèle tombait en panne à l'entrée d'une propriété, dans le seul endroit du territoire que ne couvrait encore aucune balise de télécommunication.

Pas de réseau. Livrés à eux-mêmes au sein de la nature sauvage… Observant Gertrude transfigurée par le romantisme impromptu de la situation, Ignace crut bon de retarder l'appel des secours, il ferait ça un peu plus tard, d'une maison voisine. Il coupa le contact et interrompit la radio d'un index sec, afin de leur permettre d'écouter longuement le brame des cerfs et d'admirer à satiété les yeux humides et tellement expressifs des biches à la saison des amours…

Premier décembre 2035, en fin de matinée

— Gendarmerie de la Ferté-Jarre, j'écoute…

— Bonjour, c'est pour signaler une voiture en panne depuis une semaine devant les Ombrières, sur la route de Salbris.

La voix masculine ajoute :

— Faites attention, il se passe des choses bizarres dans cet endroit. Les gens disparaissent facilement, et selon le vent, on entend parfois des cris de loups.

— Bonjour, vous êtes un voisin ?

Bip bip bip. Il a raccroché.

L'ombre faiblarde de l'automne franchit la cime des arbres quand la camionnette bleue s'arrête sur le bas-côté, derrière le cabriolet signalé, pour procéder aux vérifications d'usage. Après avoir sonné et appelé, l'équipe de trois gendarmes entre dans la propriété. On ne les reverra plus. Leur véhicule sera récupéré le lendemain par les collègues. Vide.

Dans la journée, la hiérarchie locale est déchargée de l'affaire. Paris dépêche sur place un commandant rompu aux situations de crise : Max Dertour. Petit, sec, la cinquantaine, très brun et autoritaire. Il dirigera l'enquête. Les informations affluent. Chaque semaine, l'Hyper de la Ferté livrait des commandes passées sur Internet. Puis, la carte bleue ayant expiré, les livraisons cessèrent. L'électricité et l'eau courante furent coupées. Depuis lors, le voisinage considère la maison comme abandonnée. Dertour conclut rapidement à la présence de squatteurs. Il obtient sans difficulté une commission rogatoire d'Orléans pour perquisitionner. La propriété appartient à un certain Easton Bridgley. Un savant renommé, qui avait beaucoup fait parler de lui une dizaine d'années auparavant…

19 août 2025, Paris, Palais des Congrès de la Porte Maillot

L'orateur appuie ses deux mains sur le pupitre et se penche en avant, comme pour délivrer une confidence : « L'Intelligence artificielle est ma solution. L'aboutissement d'une vie de chercheur consacrée au bien-être de l'humanité ! »

Sous l'éclairage généreux de l'estrade, la silhouette élancée du professeur Easton Bridgley s'anime. Son visage harmonieusement proportionné d'honnête personne apparaît sur les écrans disséminés sur les murs : front haut déjà dégarni et menton volontaire creusé d'une fossette. Un homme sûr de lui et confiant en l'avenir. Son regard survole l'assistance. Les femmes portent des combinaisons moulantes à paillettes, colorées, assorties à d'espiègles petits masques hygiéniques décorés d'expressions variables selon la température corporelle. Les hommes, sobrement masqués, des costumes-cravates sombres à col Mao et manches courtes, shorts longs aux plis impeccables. Une onde de chaleur empreinte de ferveur communicative envahit le professeur : « Nous n'avons plus le temps d'être à l'heure à la crèche, de supporter les pleurnicheries, de répéter les tables de multiplication comme des automates ! » Éclats de rire. Une vague de bonne humeur bienveillante parcourt le public. Ils apprécient son humour cynique légèrement décalé. « J'ai mis au point un robot-nurse autonome apte à prendre en charge la totalité des tâches nécessaires au développement d'un enfant. » Il articule ostensiblement quatre syllabes : « Nou-nou-ro-bot » !

Nannybot, traduiront les journalistes. Le public renâcle. Des murmures se font entendre dans l'ambiance feutrée. Des grognements. Des protestations… Confier entièrement le soin et l'éducation des enfants à des automates ? C'est aller un peu loin, non ? Certes, cela se pratique déjà : berceuses enregistrées, repas diététiques en distributeurs individuels, révision des devoirs sur le smartphone… Mais toujours sous le contrôle et au libre choix des parents ! De là à sauter le pas vers l'intégration complète dans des sortes de couveuses automatiques ? Certainement pas ! L'opinion de la salle est en train de se retourner. Mais le conférencier n'en a cure. Il poursuit son idée, son message – un plaidoyer peut-être ? – « … Et rentable… vous dis-je. L'heure de travail de n'importe lequel d'entre nous, ici, vaut beaucoup plus cher qu'une heure de robot. Calculez vous-mêmes ! »

Son buste forme à ce moment-là avec le pupitre l'angle improbable d'une personne penchée au-dessus d'un fleuve en crue, et dont on ne sait si elle est animée par une simple curiosité ou par la tentation du suicide. Une voix forte l'interpelle : « Nos enfants ne sont pas des poulets en batterie ! » Une femme crie au fond de la grande salle : « Nous voulons nous occuper de nos bébés ! » Pour finir, Easton Bridgley, professeur émérite de plusieurs instituts mondialement réputés, quittera la scène sous les huées !

Dix ans plus tard…

« C'est comme un chevreuil. Ne mange pas les poils, tu pourrais t'étouffer, petit homme. Et fais attention aux petits os quand tu mâches. Les yeux, plutôt, c'est bon, n'est-ce pas ? Après, tu mettras le réveil et tu feras la sieste une heure avant de retourner à l'entraînement. »

Ymowgl prend son repas, servi par Maman. C'est un petit garçon de dix ans, vif et joueur, entouré des soins et de l'affection de sa famille. Maman le lève et s'occupe de la toilette et des repas. Papa joue avec lui le matin, et reprend son éducation l'après-midi. À dix-neuf heures, il se lave les dents, puis Maman l'endort avec une berceuse de son choix. Elle en connaît plus de cent.

Parfois, son oncle lui manque. Autrefois, le vieux professeur se réjouissait d'un élève à l'intelligence si prompte. Car les jeunes d'aujourd'hui ne veulent apprendre que ce qui concerne leur gang et leur mobylette. Mais Ymowgl, comme petit d'homme, dut apprendre bien davantage.

3 décembre 2035, à l'aube

Dès cinq heures du matin, une file de véhicules aux gyrophares allumés prend la direction du domicile de M. Bridgley. Le commandant Dertour tient à effectuer lui-même le repérage des lieux. Après une traversée au cœur de la forêt de conifères vivaces et de chênes défeuillés, le convoi longe un mur de pierres. Un panneau vermoulu indique « Les Ombrières » au bord de la route. Ensuite, l'entrée d'un chemin forestier, puis un écriteau « PROPRIÉTÉ PRIVÉE » de guingois, un portail maintenu entrouvert par la rouille, une allée rectiligne bordée de bouleaux où poussent de hautes herbes… Au fond se dresse une grande bâtisse de briques rouges à colombages, comme elles se font dans la région, à deux niveaux sous des combles. Les volets laissés battants, tantôt ouverts, tantôt fermés, et le toit revêtu de plaques photovoltaïques légèrement colorées de vert par une mousse récente. On n'entend que les cris d'alerte des pies et des corbeaux…

Bientôt couverts par le brouhaha des journalistes qui se rassemblent sur la route et que le cordon de sécurité peine à contenir. Il y a là les radios et journaux régionaux qui sautent les fossés, rampent dans les fougères et se faufilent par les propriétés voisines. Les Parisiens sont attendus en fin de matinée. Les télévisions, dans l'après-midi. Tous ont titré ce matin sur « Les disparus de Sologne », « La maison du mystère », « L'énigme du savant disparu », etc. Paris a prévu un point de presse à 17 heures. Dertour n'en démord pas et fait élargir le périmètre et repousser les curieux. Il veut un terrain dégagé pour l'intervention. Porte-voix en main, il rappelle à tous que le danger est réel.

Le jour qui se lève ressemble à une nuit moins sombre que la nuit. Six hommes du Groupement d'Intervention de la Gendarmerie nationale rejoignent Dertour. Ils tentent d'obtenir un contact, par audio, visio, haut-parleur… En pure perte.

Le commandant ordonne l'assaut. Un rapide coup de perceuse dans l'huisserie d'une fenêtre leur permet d'introduire un mini-drone à l'intérieur. Ils reçoivent ainsi des images de locaux où traînent des détritus, obtenant un plan des pièces, ainsi que des mesures de température, d'acoustique et de mouvements d'éventuels occupants… Rien. Aucune âme qui vive, ni au rez-de-chaussée ni à l'étage. Pas de chien ni de chat, non plus.

Un coup de bélier dans la porte. Concentrés sur le rayon de leur torche électrique, les silhouettes harnachées du GIGN pénètrent dans une entrée obscure.

— Gendarmerie nationale. Il y a quelqu'un ? lance le premier.

— Aucun bruit. Y a personne, constate le deuxième.

— Ça schlingue, râle le troisième.

— Sont tous morts, conclut le quatrième.

— Qui est le plus près de l'interrupteur ? demande le cinquième.

— Bingo ! triomphe le sixième.

L'éclairage revenu. Ils découvrent alors une tanière immonde, bruissant de mouches et grouillant de vermine. Des ossements et des restes de gibier traînent un peu partout. Du sang séché. L'antre d'un fauve !

Un ours et une louve empaillés trônent de chaque côté du couloir. Deux premiers hommes avancent sans leur accorder un regard. Ils sont à peine passés que, d'un coup, les animaux reprennent vie. L'ours se jette sur le dos du troisième. Il déchire les couches de kevlar du gilet et lui ouvre le thorax de ses griffes affutées comme des rasoirs, fouissant jusqu'au cœur. Simultanément, le loup saute sur le quatrième et lui déchire la gorge, à la limite précise de la mentonnière de protection, le tuant net. En un instant, les hommes de tête se retournent en dégainant leurs pistolets, tandis que les derniers tirent déjà, par réflexe, sur les animaux qui déguerpissent. Les soldats se blessent entre eux et se replient en désordre. Le silence revient. Pétrifié.

Recroquevillé dans sa cachette, Ymowgl n'a rien vu du combat livré par Papa et Maman, mais les voix étrangères, les détonations, tout ce qu'il a entendu le terrifie. Quelquefois, l'oncle Easton traversait sa propriété en flânant, et venait voir ce que devenait son petit protégé. Il restait à le regarder, la tête contre un arbre, pendant qu'Ymowgl récitait à Papa la leçon du jour. L'enfant savait grimper presque aussi bien qu'il savait nager et nageait dans les étangs alentour presque aussi bien qu'il savait courir. Aussi, Papa lui apprenait-il les Lois des Bois et des Eaux : à distinguer une branche pourrie d'une branche saine, à parler poliment aux abeilles sauvages quand il rencontrait par surprise un de leurs essaims à cinquante pieds au-dessus du sol, et la façon d'avertir les serpents d'eau dans les marais avant de plonger au milieu d'eux. Dans la forêt, personne n'aime être dérangé, on y est toujours prêt à se jeter sur l'intrus.

Dertour fait recouvrir de bâches le toit de la maison afin de neutraliser la seule source d'énergie. Il est tenté de laisser pourrir la situation. La piste terroriste est écartée. Quiconque vit dans ces murs, sans électricité, sans nourriture et sans soutien extérieur en plein hiver… finira bien par sortir ! Puis, il réussit malgré tout à intéresser l'armée à son problème et obtient le renfort des Forces spéciales. Une noria de drones, d'hélicoptères et d'autres aéronefs étranges survole la zone, remplissant l'air de sifflements et de grondements assourdissants. La terre vibre de la mise en place des lourds équipements militaires. Le périmètre est matérialisé par des barrières, les médias tenus à distance, et les contrevenants interpellés, impitoyablement retenus en garde à vue dans les casernes proches. Une centaine de soldats en treillis, armés de mitraillettes, cernent la propriété. Personne ne s'enfuira par les bois. Une équipe vétérinaire est appelée à la rescousse. Les maisons voisines évacuées à titre de précaution.

Second assaut. Il est mené par des sortes de cosmonautes casqués et engoncés dans des combinaisons intégrales censées les protéger de tout : gaz, liquide, projectiles divers. Ils sont précédés d'un drone-éclaireur et d'une machine de combat aux six pattes articulées. Cette fois, toutes les issues sont contrôlées. Avant qu'ils puissent nuire, l'ours et le loup sont découpés au rayon laser sans sommation. Détruits. Ils ne saignent pas. Sous les pelages de nylon, leurs entrailles sont faites de câbles électriques, leurs muscles de moteurs, pistons et courroies, et leurs cerveaux de puces électroniques. Des robots !

Les soldats progressent, centimètre par centimètre, à l'intérieur de la maison. Pas de cave. Des chambres au premier étage, ainsi qu'une salle informatique débordant de matériel. Puis, sur les indications de la centrale de coordination, ils découvrent une trappe au plafond de la salle de bains. Ils ouvrent, déplient l'échelle et accèdent avec mille précautions à un grenier où le drone finit par dénicher un enfant, terré dans un recoin obscur. Un garçonnet sale, hirsute, vêtu de loques et couvert de sang, mais plus hargneux qu'une renarde qui défendrait ses petits ! Il tremble, la bave aux lèvres, et ne se laisse pas approcher. Le croyant blessé, les vétérinaires tentent de l'examiner. Impossible. Il grogne et menace d'un couteau ceux qui essaient de le secourir. Une seringue hypodermique en viendra à bout. Le sang qui macule ses hardes n'est pas le sien.

Dans l'ambulance qui l'emmène à l'hôpital d'Orléans pour les examens médicaux, les infirmiers sont obligés de le ligoter comme un forcené. Le petit sauvage passera d'ailleurs tout son séjour avec les poignets et les chevilles maintenus par des colliers métalliques. Il sait dire son nom : Ymowgl. Tous les personnels soignants qui le côtoient en ont peur. Mais plus encore, son insensibilité les effraie, une sorte de folie froide émane de lui. Néanmoins, les meurtres commis dans cette propriété seront officiellement attribués à la démence sanguinaire de robots échappant à tout contrôle. L'instruction conclura qu'Ymowgl n'est que la malheureuse victime innocente du délire de feu Easton Bridgley. Il échappera à un procès.

Néanmoins, les ossements, lambeaux et autres débris envoyés aux labos d'analyse commencent à parler. Beaucoup d'animaux : cervidés, lapins, faisans… Mais aussi les ADN du professeur et de sa femme, des touristes de la voiture tombée en panne… La plupart des disparitions de la région sont ainsi élucidées. Un expert en chimie culinaire remarque que la quasi-totalité des viandes a été cuisinée normalement. À l'exception notable de la cage thoracique attribuée à Ignace Courbelot, enfoncée bien avant la cuisson, ce qui tendrait à suggérer une lutte préalable.

Par ailleurs, les services du ministère retrouvent le dossier de Ymowgl : un bébé né sous X en 2025, adopté par le couple, et dont, fort heureusement, l'organisme chargé de gérer les adoptions avait conservé la signature ADN. Ainsi, Easton Bridgley est-il allé au bout de son projet de *Nannybot*, et fait élever cet enfant par des robots !

— Le gamin a immédiatement disparu des radars, il y a dix ans de cela, dès que le couple l'a adopté, explique la femme du ministère apparue devant Dertour.

— Et l'école ? objecte le commandant.

— Non, il n'y a jamais mis les pieds. Éduqué à la maison. Vous pensez bien qu'un grand professeur comme M. Bridgley présentait toutes les garanties pédagogiques !

Le commandant remercie et quitte la conversation. L'hologramme de la fonctionnaire est immédiatement remplacé, au centre de la pièce, par celui d'un homme aux cheveux blancs, affalé dans un épais fauteuil anglais, un mur de livres derrière lui. Le *profiler* spécialisé rattaché aux opérations.

— Pourquoi cet entêtement ? demande Dertour.

— Il croyait que les robots seraient un stade supérieur de l'Évolution et il voulait faire d'Ymowgl une sorte de robot de chair : le premier spécimen de la future race dominante. Easton Bridgley a publié nombre de travaux sur ce sujet dans différentes revues scientifiques.

— Dans ce cas, on s'attendrait à des automates d'apparence androïde… Pourquoi des animaux, un ours et un loup ?

— Plus précisément une louve. Une image maternelle. Maman. Le professeur nourrissait une haine féroce de l'humanité après que ses confrères avaient refusé son invention. Je pense qu'il voulait éviter que l'enfant ne s'identifie à des représentants de notre espèce. L'expert prend un ton détaché, teinté de suffisance : bien sûr, ce ne sont que des suppositions, mais je connais suffisamment les travaux de Bridgley pour que ma thèse soit crédible.

— OK.

Le commandant se raidit.

— Et selon vous, on en fait quoi, maintenant, du môme ? Un charmant bambin dévoreur de chair humaine… Vous conviendrez qu'on ne peut pas le confier à une famille d'accueil et l'envoyer à l'école sans autres formalités !

— Je suis d'accord sur la dangerosité du sujet. Ayant grandi au milieu d'automates, lui-même se considère comme une mécanique répétitive et insensible. Ses circuits, si je puis dire, ne sont pas connectés à l'empathie, la prévenance, l'humour aussi, qui caractérisent les espèces vivantes. Il n'a rien appris de tout cela. De plus, l'électricité manquait depuis presque un an. Les cerveaux électroniques sont passés en mode « survie ». Ils ont réduit leur consommation à la seule capacité photovoltaïque. C'est-à-dire le strict minimum, sans aucun confort : la toilette à l'eau froide tirée du puits… On peut en déduire que le gamin était quasiment livré à lui-même, que les privations et la peur l'ont fait régresser dans une sorte de Loi de la Forêt : manger ou être mangé. Selon moi, l'idée générale des soins serait de trouver un endroit où quelqu'un pourrait lui inculquer une certaine dose d'humanité.

— Cela dépasse de loin mes compétences ! Mais, d'homme à homme, est-ce que vous croyez possible de le rééduquer ?

— Il n'a que dix ans, murmure le psy, comme pour lui-même. S'il avait plus de treize ans, à l'adolescence, je vous répondrais non. Nous ferions face à une obligation de soins lourds. Mais à dix, peut-être… Tout le monde vous demandera d'essayer, mais personne ne vous soutiendra si ça foire !

Réunis en concile autour du directeur, les médecins de l'hôpital d'Orléans approuvent le placement de Ymowgl, dans la section psychiatrique d'un institut savoyard spécialisé. Après tout, ce n'est qu'un enfant, il a droit à une seconde chance, argumente l'expert en maladies mentales. Le directeur regarde ses chaussures. La décision est prise.

Jour J

Par la porte des fournisseurs, les policiers en civil sortent de l'hôpital une cage où le môme est enfermé. Le chargement s'effectue entre deux camions de livraison. Tout était arrangé pour une opération discrète, sécurisée par une voiture banalisée. Et pourtant…

« La police française met les enfants en cage, comme des bêtes sauvages ! » La photo, volée par un paparazzi lors de ce bref épisode du transfert, fera le tour du monde… Et sur Internet, des milliards de vues de cet adorable poulbot au visage d'ange encadré de longs cheveux noirs, affublé d'une combinaison orange de forçat… hagard, les doigts aux phalanges blanchies crispés sur les barreaux, hurlant un appel muet.

Par la suite, la prise en charge, en Savoie, se déroule plutôt bien. Une chambre pour lui tout seul, au rez-de-chaussée, où quelqu'un a fait installer une louve empaillée qu'il appelle affectueusement Rashka. Le garçon s'habitue à son nouvel environnement, ne cherche pas à s'évader, fait moins de cauchemars et apprend à s'alimenter correctement. Audrey, une assistante sociale, lui est dédiée. La jeune femme blonde, jolie et avenante, se prend d'affection pour cet enfant loup, beau comme un petit Jésus peint par un maître de la Renaissance italienne. Leurs entretiens se déroulent toujours selon le même scénario :

— Bonjour, je m'appelle Audrey, et toi ?

— Je m'appelle Ymowgl, je suis le fils de Papa et Maman. Quand tonton Easton est mort, nous l'avons mis au congélateur. C'était la procédure. Mais après, je n'avais plus rien à manger, alors Papa et Maman l'ont fait cuire par morceaux. C'est regrettable, mais il y avait force majeure. C'est comme pour un chevreuil. Je ne mange pas les poils, pour ne pas m'étouffer. Mais j'aime bien sucer les yeux. Aussi, je fais attention aux petits os quand je mâche. Après, je mets le réveil et je fais la sieste une heure.

Il débite tout cela syllabe par syllabe, avec les accents incongrus d'une suite de phonèmes détachés d'un dictionnaire audio-numérique. Cela ne surprend plus Audrey. Elle y est, en quelque sorte, habituée.

— Et tu te rappelles tonton Easton, avant tout ça ? demande calmement la jeune femme.

Ymowgl ne se souvient pas. Il se renfrogne, serre ses doigts sur ses pouces, sa respiration devient saccadée. Alors, elle lui propose d'aller dans le parc, voir les poissons du bassin. Le gamin est fou de joie, il bat des mains en poussant des exclamations gutturales. De son côté, Audrey reste sereine. Elle garde l'espoir et ne se lasse pas de rejouer continuellement cette même scène.

25 décembre 2035, en fin de matinée

Noël ! Audrey passe en coup de vent avec un cadeau pour Ymowgl : une boîte à musique. Un jouet à manivelle qui égrène *Jingle Bells* et qui amuse beaucoup le sauvageon. Celui-ci chantonne en déformant légèrement le refrain : « *Jungle Bells* », agité de déhanchements saccadés, spectacle qui rend le sourire à la jeune femme. Détendue, elle ouvre la fenêtre pour admirer la neige fraîche du parc, un immense satin drapé sous les cimes immaculées. Ses pensées s'évadent…

— Mon tonton me manque, ajoute le gamin d'une voix presque inaudible.

Audrey sursaute, se retourne vers lui, s'approche, le cœur battant.

— Il te manque comment, tonton ?

— Quand il me prenait la main. Sa main était, comment dire… vivante. C'est ça : vivante !

— Et moi, tu crois que je pourrais prendre ta main, aussi ?

— Oh oui, je crois que j'aimerais bien !

— On essaie ? propose Audrey.

Un progrès fantastique, inespéré et tellement attendu ! Bouleversée par l'émotion, la jeune femme tend la main au gamin, qui la saisit timidement. Elle voudrait lui demander si sa main à elle est vivante également, mais sa gorge reste serrée. Il s'approche. Elle le prend dans ses bras, doucement, dans une étreinte amicale, un *hug*, comme on dit maintenant.

Tout à coup, elle se met à hurler. Le garçon l'entraîne au sol avec une force insoupçonnée. Il lui mord la joue jusqu'au sang, déchirant un morceau qu'il s'empresse de dévorer ! Ses dents tranchent la jugulaire, ses doigts sont autant de griffes acérées pour lui arracher les yeux. Les cris alertent un brancardier et une infirmière qui passaient dans le couloir.

Lorsque la porte s'ouvre, les yeux brillants qui se lèvent vers eux, au-dessus d'un mufle barbouillé de rouge, sont ceux, attentifs et fixes, d'un rapace dérangé pendant son repas. Un prédateur froid, capable de tous les calculs pour assouvir ses besoins. Sous lui, le corps de la jeune femme, secoué de soubresauts, baigne dans une mare de sang. D'une détente et trois enjambées, le monstrueux petit bipède détale par la fenêtre.

Il court longtemps jusqu'à sortir de la ville. D'instinct, il se réfugie sur les hauteurs. Dans les herbes cassantes, parmi les sapins couverts de fleurs de gel, alors que les coulées glacées du soir dévalent des sommets, Ymowgl retrouve sa respiration. Un soleil éblouissant s'écrase à l'ouest dans un bain cramoisi. La nuit est là. Pour lui.

Son cœur se calme. Insensible au froid, il écoute les vibrations, les odeurs, les bruits, les lumières qui montent le long des coteaux sombres. Là-bas, au fond de la vallée, dans les immenses ruches carrées couvertes de pixels étincelants, il a des frères et des sœurs ! Il le sent. Alors il se redresse, les mains en porte-voix, pour un hululement long et modulé : « Entendez-vous ? Bonne chasse à vous, qui gardez la Loi de la Jungle ! » Le cri de ralliement que lui a appris Maman Rashka.

Jean-Hughes Chevy est un nouvel auteur de JDH Éditions, il a publié très récemment le roman « **Evuit** *» dans la collection Nouvelles Pages.*

À découvrir dans la collection Black-Files

La deuxième plume de Franck Bel-Air
de William Techer-Perez

C'est là que je l'ai vue
de Carlo Sibille Lumia

Cadavres écrits
Collectif d'auteurs

À découvrir dans la collection Les Collectifs

Homo-gènes

Bouses de Mammouth

Nos violences conjuguées

Stupeur et confinements